Blu Atlantide
55

Circonvallazione Clodia, 163
00195 - Roma

Prima edizione Blu Atlantide: gennaio 2025

Gli interni di questo libro sono stampati su carta avorio Fresia da 80 gr.
della cartiera Stora Enso.
La copertina è stampata su cartoncino usomano Onjob da 250 gr.
della cartiera Favini.

Progetto grafico di copertina: Francesco Sanesi
Redazione: Beatrice La Tella
Progettazione e design: Francesco Pedicini

9791256420056

www.edizionidiatlantide.it

Maria Gabriella Giannice

Hélèna prima della Rivoluzione

Al ragazzo di quindici anni
che nella primavera del 1944
scappò dal collegio di San Demetrio
per raggiungere l'Armata Rossa

1

«Aspettami domani». Le tue parole mi sono arrivate mentre lasciavo il gruppetto che ti faceva coòrte e di cui fino ad allora avevo fatto parte di malavoglia. Sei la bella moglie di Nikolaj Aleksàndrovic Karamzin, un uomo di cui la Russia sembra non poter fare a meno e che nessun bolscevico vuole ancora eliminare. Frequentare la tua casa è un dovere piacevole, per alcuni necessario, per me era l'ultima volta. «Aspettami domani».

Nessuno dei tuoi cortigiani ha udito nulla, io solo ho visto le tue labbra muoversi e avvertito la tua emozione. Ho fatto finta di niente, non mi sono nemmeno voltato a guardarti. Ho tirato dritto, allontanandomi dal salone per raggiungere l'ingresso. Ero turbato, ma dovevo avere l'aspetto di un generale romano nel giorno del trionfo perché il vostro vecchio portinaio d'istinto si è messo sull'attenti mentre mi dava cappello e soprabito.

«Comodo Vaska», gli ho detto ridendo, «non sono il colonnello Lévin. Sono Stepán Tverskòj».

«Principe Tverskòj».

Povero Vaska, ci tiene molto al mio titolo, in casa di Karamzin fa sempre il suo effetto, anche se per me non vale nulla, visto che per vivere sono costretto a lavorare a servizio dell'avvocato Serghjéj Dovlatov e abito il quartierino di un palazzo che non mi appartiene più.

Ma ecco, finalmente avevi detto proprio così: «Aspettami domani». Solo per ricevere quest'ordine, sull'inizio dell'estate del 1913 avevo lasciato Pietroburgo e mi ero trasferito a E****, non troppo lontano dalla tua casa di campagna.

2

«L'estate Nikolaj Aleksàndrovic vuole che noi si vada a E****. Non amo quel posto, ma almeno lì ho il vantaggio di essere libera senza avere addosso gli occhi di Pietroburgo», mi avevi detto all'inizio di maggio nel tuo salottino, la cui porta, durante le mie visite, restava sempre aperta, ma che io quel pomeriggio avevo chiuso per la prima volta.

Eravamo amanti già da alcuni mesi, privilegio ottenuto con felice rapidità per i nostri tempi, e che mi avevi concesso senza lacrime né pentimenti postumi; una novità che mi aveva colpito e costretto a riflettere sulla tua *insouciance* amorosa, da me giustificata con il carattere alquanto originale di voi Vjazemskij, che scontavate nel vostro illustre albero genealogico un paio di eremiti, un cospiratore squartato fra grandi cerimonie, e un poeta.

«Peccato che in campagna le occasioni per approfittare di questa libertà saranno davvero rare», avevo detto guardando la pendola che segnava le cinque e considerando il fatto che ero lì da venti minuti senza profitto. «Nikolaj Aleksàndrovic non vi concede poi molto, lasciandovi tanto libera a E****; sa bene che, a parte qualche cavalcata e qualche *partie de campagne*, non potreste concedervi altro». Fingevo di non capire.

«Vi sbagliate, ci sono molte altre cose che posso fare», hai ribattuto alzandoti dal divanetto dove prima ti eri adagiata con grazia e porgendomi la mano da baciare. Ti sei mossa verso la finestra di fronte.

«Ditemene almeno una da cui si possa trarre un piacere non banale», dissi.

«Posso dipingere, lì il paesaggio è ben più interessante e la luce ha altri colori», hai detto offrendomi il tuo profilo che il sole della primavera disegnava sullo sfondo dei grandi vetri illuminati. Anche tu fingevi di non capire.

Hai voltato le spalle, guardavi di fuori il giardino d'inverno. Io, approfittando del nostro silenzio, osservavo ancora ciò che conoscevo bene, e tuttavia – me ne sorprendevo ogni volta – non mi stancavo mai di osservare.

Guardavo le onde nerissime nei tuoi capelli che contrastavano sulla pelle candida, raccolti sulla nuca come voleva la moda. Il tuo busto, ingabbiato dal corsetto, era avvolto in un abito di seta blu con sottilissime righe color porpora che seguivano le linee armoniose della tua figura minuta. Mi compiacevo della tua vita, la più sottile che io abbia mai potuto tenere nelle mie mani. Seguivo la curva dei fianchi, accarezzati dalla seta della gonna che avrei voluto veder finire sul tappeto. Consideravo la tua figura come un oggetto piuttosto raro e degno del mio studio, ma ero sempre attento a non raggiungere il momento in cui la mia contemplazione, facendosi intensa, diventasse tensione e sfiorasse l'impeto. Con te – dovrei dire solo con te – ero diventato bravo in questa sorta di esercizio fisico e mentale che mi permetteva di ottenere un piacere senza attraversare la stanza dolente e umiliante del desiderio.

Avevi appoggiato una mano sulla tenda di velluto e la carezzavi noncurante, in un movimento pigro che esaltava il candore delle tue dita sobriamente inanellate e mi ipnotizzava. Fingevi indifferenza.

Spesso fingevi con me, era nel tuo carattere. Fingevi i gesti, le espressioni, i tremori e poi fingevi i distacchi, i silenzi, gli addii. Mai le lacrime. Benché per una donna siano quasi d'obbligo, me ne avevi risparmiato lo sconcerto e te ne ero grato; per il resto conoscevo tutto il tuo campionario da opera italiana messo in scena per tenermi legato a te, possibilmente ai tuoi piedi. Non lo nego, mi piaceva stare ai tuoi piedi, nel tuo piccolo teatro sotto la luce riservata al protagonista maschile, ma conoscevo le quinte e il sipario e non ero mai caduto nel tranello. Adesso ad esempio attendevi che fossi io a parlare, io a domandare, perché secondo il copione che desideravi così doveva essere.

Invece io mi impuntavo a stare lì, seduto con le gambe accavallate, nella mia poltrona preferita a contemplare la tua schiena; da quel punto misuravo fino a dove, alzandomi, avrei potuto avvicinarmi a te senza correre il rischio di comprometterci nel caso un estraneo imprudente ci avesse sorpresi: tre metri, un metro, quaranta centimetri. Potevo spingermi fino a quaranta centimetri? E da tanto vicino cosa avrei potuto ottenere che non avessi ottenuto già dalla mia posizione? Avrei potuto sentire più forte il tuo profumo e vedere il bianco della tua pelle sotto il pizzo sottile della camicetta. Avrei potuto inseguire i tuoi occhi che prima mi chiamano e poi con impagabile civetteria guardano altrove cercando scampo. Ma soprattutto, così da vicino, discorrendo di qualche inutile faccenda, avrei potuto sentire crescere il tuo desiderio di essere con me altrove. Lì, nel tuo salotto, nella casa di tuo marito, per decenza dovevi resistermi e io sarei rimasto a osservare con rispettosa attenzione il tuo incarnato delicato velarsi di porpora nella parte più alta delle gote, proprio sotto le ciglia nerissime, e le labbra tenere schiudersi impercettibilmente. Volevi essere baciata e non potevi. Ah, disdetta! Che dispiacere delizioso avrei potuto infliggerti se non avessi preferito, per il momento, starmene dov'ero.

Ero piuttosto cosciente di tormentarti un poco con quei miei piccoli divertimenti. Ma non ne avevo il minimo rimorso. In fondo, me lo ripetevo sempre, eri una giovane signora, ricca, viziata, presuntuosa e consapevole di poter tenere ai propri piedi una legione di uomini giovani e vecchi, umili come *mujiki*. E poi, lo sapevamo tutti e due, non eri certo una madonna. Guardandoti in quel modo, che per chiunque altro sarebbe stato rischioso e insolente, mi vantavo di riscattare almeno in parte tutti quegli uomini che venivano a casa di Karamzin, accettandone l'incomodo, solo per poter ammirare una delle più belle donne di Pietroburgo. Non era infatti un segreto per nessuno che senza di te il ricco Nikolaj Aleksàndrovic avrebbe al più raccolto nel suo salotto qualche artista affamato, viaggiatori esteri ancora ignari della società di Pietroburgo, nobili di campagna, socialisti giudiziosi e la solita fila di affaristi dalle origini oscure che gli facevano la corte.

«Quando siamo in campagna Nikolaj Aleksàndrovic sparisce spesso con i più svariati pretesti, lasciandomi da sola». La tua voce mi ridestò dopo diversi minuti di silenzio, per riprendere la conversazione che languiva a causa mia.

Ti sei voltata verso di me e i tuoi occhi neri mi dardeggiavano dicendomi: «Siete proprio sciocco Stepán Dmitrievič, possibile che non capite ciò che intendo proporvi?». Lo capivo benissimo, ma aspettavo: volevo fossi tu a confessarmi ciò che veramente desideravi. Questa era la regola che mi ero imposto e che osservavo con ferrea, financo ottusa, determinazione: non ti volevo corrotta da me, ma soprattutto volevo che fossi tu a chiedere. Ero caparbio, almeno quanto te. E certamente, profondamente, stupido. Nel 1913 la parola amore non era per me che il sinonimo decente di parole più oneste ma impronunciabili. A parziale discolpa di tanta ignoranza, avevo solo la giovane età che spartivo con te. Eravamo due tigrotti. Spesso fra noi si instaurava una lotta nella quale ognuno voleva dominare sull'altro, e dato che nessuno era mai certo della completa vittoria i nostri nervi erano sempre all'erta per non essere assoggettati. Mi chiedo ora come facessimo a non cadere sfiniti per quella contesa senza tregua che anzi ci nutriva d'euforia e colorava i nostri giorni di toni e luci che poi non avrei più rivisto così intensi.

«Quando sono a E****, Karamzin si allontana giorni interi per vigilare sulle sue proprietà, la nuova miniera e i raccolti lo impegnano per tutto il tempo», avevi proseguito tornando a sederti accanto a me.

La tua nuca candida, sfiorata dai capelli e dal chiarore del giorno luminoso, si piegava mentre cercavi il modo per confessarmi i tuoi desideri e tuttavia non dirmeli.

«Mi hanno detto abbia un'amante».

Avevi abbassato il tono della voce con la dovuta verecondia, e hai fatto una pausa per misurare l'effetto della parola *amante* su di me. Non ottenendo un riscontro hai detto con un po' più di enfasi: «Forse più di una. Comunque non me ne importa, al più mi viene da ridere».

Ridevo anch'io. Tu, Hélèna Arkàdjevna Karamzina, sconfitta da una donnina di campagna, forse una ricca contadina o forse persino la moglie di un droghiere: nel caso di Karamzin si poteva anche crederlo. Per questa sua attitudine democratica ammiravo tuo marito. Nella nostra società la maggior parte degli uomini sceglieva il secondo e il terzo letto seguendo gli stessi criteri seguiti per scegliersi la moglie, e se non riusciva ad assecondare quelle regole se ne vergognava. Le chiamavano *mésalliance* di secondo letto. Nikolaj Aleksàndrovic non era così meschino, e in questo lo trovavo magnifico: non nascondeva di essere figlio di un fattore e poiché non poteva rinunciarci, si vantava dei suoi gusti plebei. Non vedeva differenza fra una cameriera e una contessa una volta che erano svestite, e ciò a mio parere andava non solo a suo onore ma anche a onore della signora in questione.

Per il resto Nikolaj Aleksàndrovic era quel tipo d'uomo che sa riconoscere e apprezzare solo ciò che si può toccare, misurare, comprare e avere: palazzi, fabbriche, miniere, donne, e naturalmente uomini. Fra questi non c'erano solo migliaia di *mujiki*, ma si contavano diversi ministri, alti funzionari, banchieri, il mio *dominus*, l'avvocato Serghjéj Dovlatov, deputato della Duma e socialista, e ovviamente c'ero anche io.

All'inizio Nikolaj Aleksàndrovic doveva aver pensato di possedere anche te, per la contabile ragione di averti comprata. Non voglio offenderti, ma il termine è corretto. Del resto lo usavano tutti, senza troppi riguardi, quando alludevano al vostro matrimonio, che era stato il più chiacchierato e inatteso fra i matrimoni d'interesse celebrati a Pietroburgo.

Avevi avuto la sfortuna di essere figlia di un vecchio aristocratico sull'orlo del fallimento, tanto in disgrazia con lo Zar da vedersi negare per l'unico figlio maschio l'ingresso all'accademia militare. Tu eri bellissima, avevi sedici anni ed eri l'unica ricchezza che il conte Vjazemskij potesse ancora vendere. Karamzin si diceva ne avesse appena compiuti quarantaquattro. Dopo il tuo sì, i Vjazemskij ritrovarono la strada per ripresentarsi a corte e per tuo fratello si aprirono le porte della carriera militare.

Ancora adesso immagino con soddisfazione il momento esatto in cui l'astuto e ingegnoso Nikolaj Aleksàndrovic dev'essersi accorto di aver sbagliato i calcoli proprio nell'affare che credeva più facile; vedo l'istante in cui ha scoperto che si può comprare l'ingegno del migliore avvocato perché aggiusti i propri imbrogli, si possono pagare i favori di un ministro e l'assenso di un vecchio padre in rovina, ma non l'anima di una fanciulla di sedici anni: lei sorride e ogni battito di ciglia è un colpo d'ala che se la porta via. E lui, che era certo con te di ringiovanire, vede nel tuo sguardo che fugge la nausea di una bimba per la medicina amara, mentre ti si stampa sul viso la frase terribile che non pronunci mai ma che lui sente risuonare fortissima ogni volta: «Sei vecchio, lasciami in pace!».

Povera cara, spero di averti risarcito di tanto disgusto. Dopo due anni di matrimonio, con me eri al tuo primo tradimento, di questo sono ragionevolmente certo: le malelingue e i falsi amici, che a Pietroburgo abbondano, sono sempre stati provvidi di certi dettagli su di te, ma come biasimarli se io stesso andavo a inseguire ogni sospetto quasi desideroso di scoprire un rivale da schiacciare.

Per conoscere quella parola che si chiamava amore, tu avevi scelto me, un giovanotto di poco più di vent'anni, ultimo erede di una famiglia illustre e squattrinata come la tua, ma senza figlie da vendere, belle maniere, discreta cultura, modeste prospettive. Un antagonista perfetto per il ricco e ignorante Nikolaj Aleksàndrovic, sempre pieno di obiettivi ottimamente raggiunti. Ti era bastato uno sguardo per scegliere, a me uno sguardo per accettare. Ero al tavolino da gioco insieme ad altri come me, e tu non eri che un'ombra ondulata in blu. Giocavo contro tuo marito che teneva il banco, cercando di perdere per ingraziarmelo. Tu te ne sei accorta e mi hai sorriso. Alla luce delle lampade abbassate sul tappeto verde la tua bocca mi sembrò squisita mentre svelava le perle dei tuoi denti. Mi sarei arrischiato a vincere per te se i tuoi occhi, che tutto avevano scoperto e ne erano divertiti, non mi avessero già detto che eravamo amici e che sarebbe stato saggio perdere per il nostro futuro.

Tutto il fascino triste e misterioso che i farfalloni di Pietroburgo ti attribuivano, davanti a me si è dissolto subito. Con me sorridevi e lo facevi spesso. E non eri per nulla misteriosa, anzi mi hai sempre detto tutto, di sicuro inventando un po', ma perché non crederti quando mi raccontavi ogni cosa con una voce da sirena e una bocca rubata alle rose? Avevamo quasi la stessa età e la nostra avventura ti sembrava un gioco, un dispetto appena appena cattivo ai danni del "vecchio Matusalemme", come qualche volta lo chiamavi tu esilarandomi.

Adesso, appoggiata mollemente sul bracciolo del tuo divanetto preferito, facevi oscillare il piedino indispettita e non sapevi se dovevi essere più adirata con il marito che ti tradiva o con l'amante che non diceva ancora nessuna delle cose che volevi sentirti dire. Hai preso uno dei tuoi riccioli per rigirarlo fra le dita. Hai girato il volto verso la finestra, poi ti sei girata d'un tratto verso di me, ora mi guardavi come se non ci fossi più. Ho sentito il vuoto. Il tuo silenzio si era fatto inquietante, sulla tua bocca si schiuse un mezzo sorriso sul quale vidi germogliare del disprezzo.

«Non fingete di non capirmi, Stepán Dmitrievič», hai detto imperiale, fissando fuori dalla finestra e mostrandomi ancora la tua nuca.

«Capisco molto bene, cara. Sto solo aspettando ordini», dissi adattandomi prontamente alla piega che stavano prendendo la tua bocca e la tua conversazione.

«Ordini?».

Avevi sorriso girando finalmente la testa con una mossa che adoravo e che insieme a un certo lampo dei tuoi occhi mi rendevano pronto a qualsiasi cosa. Prendendomi una mano hai cominciato a parlarmi in francese, lingua che, senza saperlo, ci univa, perché richiamava alla mente di entrambi le infanzie felici, al riparo dai rovesci economici, beati fra le coccole delle *mademoiselle* di cui eravamo *amorosi*.

«A un paio di chilometri dalla nostra tenuta c'è una piccola casa», dicevi. «È abbastanza comoda, con un giardino e una stalla sul retro. Il proprietario è il farmacista che di solito l'affitta per la bella stagione. Karamzin sarà contento di avere un uomo di legge vicino; dopo l'affare che avete concluso con Lukov, vi stima molto. Vi stima più del vostro *dominus* Dovlatov, sapete?».

Dopo qualche attimo di silenzio e un grazioso movimento della testa, hai aggiunto: «Voi, per piacere, dovete solo far sapere a tutti che il medico vi ha prescritto di allontanare i polmoni dall'aria di Pietroburgo. Una scusa bisogna pur trovarla».

Oh, certo, una scusa bisognava trovarla per la quiete della buona società di Pietroburgo. Mi adombrai. Già non mi piaceva affatto l'idea di esiliarmi in campagna a tua disposizione, come di fatto mi proponevi, per di più dovevo finire nel distretto di E****, che conoscevo bene per avervi trascorso l'infanzia e dove rischiavo di rimpiangere il passato che non avrei avuto più; ma adesso sventolarmi, credendo di compiacermi, la stima di Karamzin per il mio lavoro con Lukov, era stato un errore fatale; vi avevo colto il genere di lusinga che viene riservata a un domestico, e questa condizione, se mi veniva ricordata, mi offendeva sempre. All'epoca ero ben consapevole che la mia soddisfazione nel possedere la Karamzina veniva raddoppiata dal sentimento di riscatto contro un ruolo che ero stato educato a disprezzare. Ancora non immaginavo che servire può essere nobile se il padrone è un grande ideale come è stata poi per me la Rivoluzione. Ma adesso in Russia eravamo prima della Rivoluzione, in un salottino di legni profumati e di velluti verdi. Ti guardai con odio.

«Non preoccupatevi di Karamzin», hai detto sapendo benissimo che non era di lui che mi curavo, ma dovevi attribuire a qualcosa quel mio sguardo, e mantenere la forza per impedirmi di rifiutare. «Lui non è uomo che si darebbe mai la pena di scoprirmi in flagrante adulterio, in una casa affittata», hai ripreso riconducendomi idealmente verso il letto di quella casa dove avrei potuto perdonarti tutto. «Detesta il ridicolo e non metterebbe a rischio la sua dignità per me», hai aggiunto. Io ne dubitavo: esiste pur sempre, soprattutto negli uomini come Karamzin, l'amore di sé che non si accontenta di una fedeltà coniugale rispettosa delle apparenze, ma che esige la certezza assoluta del possesso dell'altro. Però… però osservavo il tuo dito mignolo infilarsi sotto al mio polsino, solleticandomi con l'unghietta la vena pulsante, e allora ragionavo che mai Nikolaj Aleksàndrovic ci avrebbe disturbati, perché non avrebbe mai messo a rischio il proprio dolore e la propria persona in cambio della verità di trovare te, nuda accanto a un altro uomo.

Mentre ti guardavo, immaginando la casetta del farmacista e la strada ombreggiata dai tigli, di cui mi avevi appena parlato, una parte di me iniziava a chiedersi se non fosse da stupidi restare d'estate a Pietroburgo, quando nel mondo esisteva il distretto di E**** con i suoi boschi selvaggi e le distese di campi, le cascatelle dei fiumi ricchi di lucci, le anatre e i beccaccini reali che mio nonno mi aveva insegnato a cacciare. Così, fantasticando, ti ammiravo nell'opera di convincermi, mentre si evaporavano le tue parole di prima, che tanto mi avevano offeso.

Con un tono di voce che io solo conoscevo e che di solito pretendeva i baci, hai cominciato a illustrarmi i vantaggi della nostra condizione estiva: la facilità che avremmo avuto nel vederci, la libertà dei nostri incontri e la delizia dei luoghi. Forse per la tua voce, forse per le vivide immagini che risvegliavi, mi sentii vagare insieme a te nelle terre dove avevo passato buona parte della mia infanzia e provai nostalgia. Mio nonno, il principe César Alekseevič, teneva lì la parte più antica e amata del suo regno, appartenuta ai Tverskòj da quasi mille anni, cioè dal tempo di Vladimiro il Grande, fino a quando tutto si era dissolto nei debiti e nelle guerre. Era il regno perduto che avevo dovuto dimenticare per forza, e per caso o per destino tu mi ci riportavi.

«Conosco i posti», dissi con un tono più acre di quello che intendevano i miei ricordi.

«Lo so», hai sussurrato prendendo la mia mano e appoggiando la testa sulla mia spalla.

Avrei tanto voluto carezzarti i capelli, ma il mio cattivo genio fermò il gesto e tu rialzasti il viso. Avevi gli occhi pieni di dolcezza, la scambiai per compassione. La bontà non era degna di me, fuggivo i sentimenti come fuggivo i ricatti, e in quel momento non sopportavo che tu me ne suscitassi di così buoni.

«Sapete molte cose», dissi con il mio sorriso d'occasione: temevo tu cercassi la mia confidenza e il mio passato. Colpita, sul tuo viso tornò il distacco apollineo che mi rassicurava e mi dava piacere permettendomi di riprendere la commedia leggera che padroneggiavo assai meglio. «Non odiatemi, Hélèna Arkàdjevna. Piuttosto convincetemi», concessi. «Poiché conosco molto bene quei luoghi, non può essere certo qualche veduta amena ad allontanarmi da Pietroburgo; mi serve altro. Vi prego, non mi risparmiate ulteriori dettagli».

Il tuo viso prese l'espressione d'intelligenza che preferivo in te. Sistemai meglio la mia poltroncina, già tutt'uno con il tuo divanetto e controllai che fossimo in un angolo cieco invisibile a chi volesse entrare.

«Mi piace ascoltarvi», dissi al tuo orecchio mentre percorrevo con le dita il doppio filo di perle che circondavano il tuo collo, inclinasti un po' il busto per agevolarmi e come se nulla fosse, mi lasciasti continuare. Così erano le nostre sfide: io ti carezzavo, tu fingevi di non sentire le mie mani. Io diventavo più audace, tu mi ignoravi, e ignorandomi descrivevi con minuzia come sarebbe stato semplice e piacevole incontrarci a E****. La casetta del farmacista che avrei affittato era collocata in un posto perfetto, un po' isolata alla periferia del paese, indisturbata e lontana dagli sguardi. Tu potevi raggiungermi senza troppi rischi.

Ascoltavo i tuoi progetti, lasciandomi andare al profumo della tua pelle, ma mentre i miei sensi si abbandonavano l'uomo accorto dentro di me cominciava a sospettare che la nostra avventura stesse diventando pericolosa e a comprendere che da temere, per me, non era tanto il seguirti in campagna, ma, piuttosto, il fatto di non aver escluso subito, con fermezza e senza tentennamenti, ogni possibilità di assecondarti. Mi sarebbe bastata una banale scusa e per tutta l'estate avrei potuto allontanarmi da te vincendo, o almeno allentando, quel qualcosa che mi costringeva a vederti, a volerti e ad averti. In autunno ci saremmo incontrati di nuovo, per caso, in un salotto o a un ballo, e tutto sarebbe cominciato di nuovo, semplicemente e con un certo regolare ordine, come ci era già accaduto all'inizio della nostra relazione, quando, a un tratto, ti avevo preferito un panfilo con la prua volta alla Grecia, e la compagnia di una signora che poi avrei continuato a incontrare ancora, per una sorta di disciplina che mi ero imposto e che ritenevo fosse dovuta alla mia reputazione.

Fino al giorno di cui parliamo, ero stato particolarmente soddisfatto di come eravamo riusciti a condurre le cose fra noi. Il nostro rapporto era stato sempre amichevole ma distante come entrambi ritenevamo fosse conveniente. Ci eravamo limitati a incontrarci in un appartamentino un po' squallido ma ben protetto dalla proprietaria. Più spesso ci vedevamo in società, dove recitavo la parte del corteggiatore d'ufficio della moglie d'un ricco cliente. Nessuno poteva censurarmi se consideravo mio dovere esibire con te tutto il campionario di sciocchezze che riservavo anche alle altre.

Per il resto ero libero. Tu eri troppo orgogliosa per pretendere la mia fedeltà e io troppo egoista per offrirtela. In questo modo la nostra relazione aveva vissuto, per più tempo di quel che avrei mai sperato, in uno stato di eccitante incertezza, un esercizio di intelligenza nel quale per me la posta era il piacere, e per te... per te... oh, non me lo sono mai chiesto, ma di certo non doveva dispiacerti.

Ora però in quel salottino io vacillavo, e non riuscivo ancora a respingere l'idea della casetta isolata non troppo lontana dalla tua villa, l'idea degli alberi, del fiume, del tuo letto profumato...

«Ti basterà inviarmi un biglietto e io obbedirò», hai detto mentre il rossore raggiungeva il bianco dei tuoi occhi. La mia bocca ricompensò il tuo bel collo di tanta audacia, mentre consideravo i fatti, i luoghi e le conseguenze, pesandoli uno a uno con calma.

Mi promettevi che tutto sarebbe stato nascosto e discreto, ma io mi preoccupavo di quel che si sarebbe detto di me a Pietroburgo al rientro, e all'arrivo dell'autunno. Sul famoso panfilo dove avevo dato prova della mia libertà, la cara signora aveva protetto molto bene le nostre reciproche e opposte reputazioni convocando una bella compagnia nella quale confonderci. Ora, passare un'intera estate in campagna a pochi minuti di cavallo dalla casa di una signora, sempre la stessa, poteva darmi per spacciato. "Stepán Dmitrievič Tverskòj è pazzo per la Karamzina", ecco la frase che temevo di più. D'altro canto, se avessi deciso di accettare – ancora non disperavo di potermi tirare indietro all'ultimo momento – avrei sempre potuto procurarmi delle plateali infedeltà: di quando in quando, nel corso dell'estate sarei potuto tornare a Pietroburgo per scompigliare le carte agli occhi degli invidiosi. Così, senza saperlo, mi industriavo per obbedirti e tu ti eri lasciata sbottonare il corpetto.

Fu con notevole sforzo che mi scossi da quel languore. Mi alzai per meglio organizzare la mia ultima resistenza. Camminando per la stanza, presi a esporre una ragione accettabile per rifiutare. «Mi sembra sleale sedurvi proprio fra le proprietà di vostro marito», obiettai osservando il piccolo neo a me caro, sotto la fossetta del giugulo, che ora si trovava ampiamente scoperto.

«Sleale? Proprietà?», chiedesti incredula come se io avessi parlato in un dialetto tartaro di cui riuscivi a tradurre solo poche parole. «Stepán caro, quelle proprietà che tanto vi turbano, un tempo erano vostre! Non vi attirerebbe, piuttosto, l'idea di usurpare me, proprio in quei luoghi?».

Sono certo che arrossii violentemente, perché avevo sentito il desiderio irrompere dentro di me tormentoso e violento unito al sapore forte dell'appagamento. La vendetta che mi offrivi era quel che volevo di più al mondo, tu l'avevi scoperto prima di me e me l'avevi svelato chiaramente, offrendoti per soddisfarlo. Ti amai allora, credo, per la prima volta.

Eri irresistibile mentre descrivevi i nostri futuri incontri in modo così favorevole sotto il mio cielo. Se poco prima temevo di essere io l'amante recluso in campagna a tua disposizione, tu, non so come, eri riuscita a ribaltare la prospettiva e ora mi vedevo come l'uomo idolatrato che avrebbe potuto stare con te a suo piacimento, senza nessun rischio, con in più la soddisfazione di far ridere alle spalle di Karamzin i miei antenati nell'Ade, per un millennio almeno.

Tuttavia, non ancora contento e quasi ubriaco della mia vittoria, ti spiegai con la calma di un notaio che per fare in modo che la vendetta fosse completa bisognava che dell'umiliazione subita da tuo marito si parlasse in tutta Pietroburgo e questo ti riguardava. Avresti mai potuto accettare fino a questo punto? Mi avresti sacrificato la tua reputazione immacolata?

«Potrete far risapere della vostra vittoria a chi volete, ma non prima dell'inverno», mi hai detto fissandomi altèra. Il tuo mignolo sul pomo del bracciolo tremava.

Ero al settimo cielo, ma non ero così infame. Sentirti acconsentire a tutto, perfino alla tua perdizione per me, mi piacque immensamente. Lasciai trascorrere alcuni minuti per assaporare meglio la mia nuova situazione. E poi mi mostrai offeso per quell'estrema concessione che ti umiliava e metteva me in una posizione indegna. Come avevi potuto credermi? Chi pensavi che io fossi? La tua confusione divenne totale. Mentre mi supplicavi di perdonarti, io magnanimo a rispettosa distanza dissertavo sul paradosso che può portare un uomo disonesto a provare sentimenti onesti.

A quelle parole seguirono momenti deliziosi che ricordo ancora. Ma poi la sera stessa, nel silenzio del mio appartamento, il ricordo del mio abbandono nel tuo salottino, che non osavo chiamare felicità, mi portarono dubbi, ripensamenti e una decisione ferma e indefettibile. Dopo la nostra estate a E**** – che ormai ero costretto ad accettare perché non potevo farne più a meno – ti avrei lasciata, e per non rischiare ripensamenti, sarei partito per l'Italia o la Francia.

Nella pace della campagna di E**** mi proponevo quindi di ottenere ciò che ormai avevo capito mi era necessario più di ogni altra cosa: dovevo saziarmi di te fino alla noia per poterti dimenticare. Ci frequentavamo esattamente da tredici mesi, fuggiti come un lampo. A E****, in un'estate di benevolenze e favori, alla fine – ragionavo – avrei trovato il tuo corpo conosciuto e i tuoi abbracci consueti, ti avrei presa senza trasporto e mi sarei stancato nel farlo. Tu avresti capito e io onestamente lo avrei ammesso. «Vi siete data troppo a me», ti avrei detto, «siete stata voi a volermi a E****, dimenticando che mi sareste potuta divenire abituale, e adesso, che dirvi, sono stanco. Non è colpa mia». Così ti avrei annunciato la mia necessità di non vederti per un po'. Tu avresti capito, mi avresti offerto il piacere raro che sempre danno gli addii, io l'avrei preso. Poi non ci sarebbe stato più nulla.

E**** – mi dicevo – è la medicina da prendere perché Stepán Tverskòj si liberi di Hélèna Arkàdjevna.

Ancora non sapevo quanto la ragione possa assecondare gli inganni dei sentimenti. Avevo ventidue anni.

3

All'inoltrarsi della primavera tutta Pietroburgo era presa dal richiamo bucolico. File di carrozze a nolo uscivano dalla città seguendo i canali della Neva, era un gregge mite e festante che tornava alle terre agricole per poter annusare ancora l'odore di sterco e inseguire le lucciole nelle notti bianche.

Nikolaj Aleksàndrovic aveva saputo da Dovlatov che anch'io avrei passato l'estate a E****, ma non vi aveva dato alcun peso, per lui Stepán Tverskòj faceva parte del gregge, e i lupi si occupano delle pecore solo quando vogliono divorarle. Cosa che avvenne qualche giorno prima della vostra partenza.

«Già che sarete a E****, non volete Stepán trovare il tempo per occuparvi della mia causa con le baronessine Cerkassij?», mi disse con l'aria di chi invita un amico a una partita di biliardo. Eravamo nello studio di Dovlatov che ci aveva lasciati soli in compagnia di una scatola di sigari disdegnata da entrambi. Karamzin accavallò le lunghe gambe con un gesto elastico. Sapeva fingere molto bene di avere ancora quarant'anni quando ne doveva avere almeno quindici di più – la sua età esatta mi è sempre rimasta oscura. Con la stessa aria noncurante e senza aspettare una mia risposta, stabilì un compenso platealmente eccessivo. Io ascoltai la cifra risuonare nello studio. A quei tempi il denaro suscitava in me ancora un forte fascino, ero molto lontano dal monaco ateo in cui mi sono trasformato col tempo. Avevo accettato.

Con aria gioviale e i modi un po' spicci, che nell'ingessata Pietroburgo avevano fatto la sua fortuna, Karamzin mi spiegò che la causa Cerkassij era una vecchia e deplorabile questione ereditata dal padre su una proprietà che due anziane dame, le baronessine Cerkassij appunto, si ostinavano a volere per loro. «Persuadetele a riconoscere i miei diritti, mettete a posto quelle vecchie carte e dove non arrivano le nostre ingarbugliate leggi, fate arrivare il denaro», mi disse ripetendo la frase che aveva fatto di lui il cliente più stimato da Dovlatov.

Avrei voluto disprezzarlo, ma il suo denaro me lo impediva; era una malia perversa che intossicava tutti noi che avevamo a che fare con tuo marito. Mi parlò poi con entusiasmo delle sue proprietà ad E****, si diffuse sugli ottimi effetti dei suoi salubri venti sui polmoni di noi cittadini, mi magnificò la selvaggina che abbondava da quelle parti e infine manifestò il suo piacere per avermi a poche *verste* dalla sua villa, augurandosi "vivamente" che avrei trovato il tempo per frequentare la vostra casa. Entrambi fingemmo di ignorare che io conoscevo il distretto di E**** e le sue proprietà almeno quanto lui, per la semplice ragione che prima di essere sue erano state dei Tverskòj.

«Avrete il permesso di corteggiare mia moglie», mi disse per ultima cosa, con tono mondano, lanciandomi un sorriso che mi parve di sfida ma che in realtà era il suo solito sorriso di beffa per il mondo che gli si sottometteva sempre. Mi finsi lusingato, come dovevo esserlo, ma sentivo il malumore invadermi fino ai pugni. L'idea del surplus di piacere con cui tu avevi promesso di ripagarmi rischiava di non ricompensarmi a sufficienza, e adesso mi umiliava. Eppure l'idea di rifiutare non mi sfiorò nemmeno una volta.

In più occasioni avevo avuto l'impressione che Karamzin sapesse qualcosa di noi ma ci lasciasse benevolmente fare, vedendo per lui il tornaconto di cui i mariti disamorati sanno sempre profittare, già che una moglie impegnata a godere e a nascondere il proprio capriccio lascia volentieri il marito libero di fare quel che crede, senza porgli troppe domande, e anche di fronte all'evidenza sa esibire la più ingenua cecità.

Del disamore di Karamzin per te ero certo, ma non per quel che me ne dicevi tu, piuttosto perché vedevo trasparire in lui, ancora non del tutto dissimulata dai suoi sforzi di apparire magnifico, l'aridità di cuore dell'uomo pratico che gli impedisce d'abbandonarsi a un sentimento dispendioso. L'amore è infatti per un uomo – tu diresti anche per una donna – un tale dissipamento di sé che molti evitano d'arrischiarsi in quella selva per non perdersi, preferendo sentimenti più previdenti.

Ma in fondo, benché ne frequentassi la moglie, conoscevo di Karamzin solo quello che tutti dicevano; a Pietroburgo come a Mosca lo si sapeva uomo spregiudicato negli affari, lesto nell'agire, capace di intuire il momento buono, incurante delle forme quando erano ostacoli ai suoi obiettivi ma rispettosissimo delle stesse quando servivano a metterlo in buona luce presso chi gli faceva comodo. Facile per me prevedere che la stessa mancanza di scrupoli, lo stesso spirito moderno che usava negli affari pubblici, l'applicasse anche a quelli privati. Era dunque probabile, se non certo, che per accontentarti e tenerti tranquilla in quella monotona pianura di campi seminativi e di boschi selvaggi, considerasse me alla stregua del cavallo serbo che ti aveva regalato per farti trascorrere il tempo estivo. Questo pensiero mi consentiva d'immaginare ogni cosa possibile per noi e di non dubitare del piacere che mi avevi promesso. Quanto al mio orgoglio, quel giorno stesso venne ripagato.

A parte la causa Cerkassij, che contavo di risolvere molto facilmente, avevo di fronte una strada spianata, lunga un'estate, ed ero curioso di percorrerla fino alla fine. Rispetto alle mie passate avventure, questa includeva elementi di riflessione e di novità che non mi lasciavano insensibile. Avvertivo che alla fine dell'estate sarei tornato in città con qualche saggezza in più da dispensare agli amici; e forse – questa idea iniziava a solleticarmi in modo sempre più allettante – sarei riuscito a dare una lezione all'uomo che pensava di avere in pugno il mondo e si sentiva talmente indifferente a noi da lasciarci fare.

Come vedi, erano molti – oggi direi troppi – i pensieri che mi frullavano in testa prima del mio trasferimento a E****. Per nessun'altra avventura mi ero mai arrovellato tanto, ma – proprio perché preso ad arrovellarmi – non mi accorgevo di quella strana, nuova attitudine del mio giovane cervello. Sdraiato sul letto della mia camera, avevo passato lungo tempo a organizzare sul soffitto vie di fuga nel caso mi fossi annoiato prima del previsto. Avevo stabilito strategie di comportamento e regole alle quali attenermi perché quell'estate venisse in tutto a mio completo vantaggio e gloria.

Se la sazietà di te fosse arrivata prima dello scadere del nostro contratto avevo preparato una serie di scuse infallibili per ritornare in città alle prime avvisaglie di disinteresse. Avevo immaginato con minuzia come sfuggire alle lagnanze che di certo mi avresti rivolto, cosa dirti e come comportarmi per evitare ogni ombra alla mia reputazione di uomo libero. Insomma ero assolutamente certo che, una volta presa la decisione, avrei saputo bruciare i miei vascelli con un cerino.

Questo riflettere a freddo, invece di aprirmi gli occhi, mi rafforzava nell'idea di avere piedi e testa ben fissati a terra. Mi sentivo esperto in quel gioco a due nel quale il più abile trae tutto il divertimento possibile e, al momento in cui sul tavolo non restano che gli spiccioli, lascia la partita e il conto da pagare all'altro. Non sapevo ancora quanto la sofferenza inflitta a chi si ama ci possa colpire in maniera indicibile, perché l'anima è diventata una sola e i corpi sono lì a ricordarcelo. Ma l'ignoranza è il primo privilegio dei vent'anni, se non la loro fortuna.

Ai primi di giugno presi quindi alloggio nella casa del farmacista. Si trattava di una vecchia costruzione di contadini di un solo piano, migliorata col tempo ma semplicissima, con quattro stanze, una della quali serviva da studio e un'altra da salottino. C'erano poi una cucina e una stanza con un grande comodo letto. La casa era circondata da un giardino mal tenuto e un orto incolto, ma aveva due belle querce che facevano ombra su una panca in legno; in fondo, sul retro, c'era un edificio che un tempo era stato una stalla dove il mio cavallo si trovò subito a suo agio. Il cancello principale dava sulla via che da un lato portava verso la villa di Karamzin e dall'altro si inoltrava in direzione del paese. Constatai subito, compiacendomi della tua intelligenza, che la casa era effettivamente piuttosto isolata, con l'ingresso principale curiosamente aperto sul retro verso una stradina chiusa, che nessuno, a parte me, percorreva. Una staccionata e un'alta siepe nascondevano gran parte dell'edificio agli occhi di chi camminasse per la strada principale. Era insomma il rifugio perfetto per nascondere gli arrivi promessi dalla mia bella fedifraga.

Solo mezz'ora di cammino, ovvero cinque minuti al galoppo, separavano l'uscio della mia porta dal maestoso loggiato della tua casa, un tratto breve che un uomo innamorato avrebbe percorso sulle ali per raggiungere la sua donna e un giovane avvocato ambizioso avrebbe fatto di buon grado per presentare i suoi omaggi ai ricchi vicini. Ma io non ero né una cosa, né l'altra. Chi fosse Stepán Dmitrievič Tverskòj quando entrò in quella casa di campagna non lo so più.

Avevo portato con me i pochi vestiti estivi, le carte di lavoro, una cassa di liquori che toccavo con parsimonia, alcuni libri e un acquarello che ritraeva me da piccolo con mio nonno in sella a un cavallo. Queste erano le mie ricchezze di allora, che non sono mai aumentate per la semplice ragione che mi sono sempre state sufficienti. All'epoca mi ero anche messo in testa di scrivere un romanzo ambientato in un paese di campagna simile a E****. Non sapevo ancora cosa avrei scritto, ma ero deciso a irridere i buoni sentimenti dei pover'uomini capaci solo di infliggersi una vita di rinunce per l'ambizione ridicola di salire qualche gradino della scala sociale, pretendendo poi che si scambi la loro condotta per probità e rettitudine. Traffichini, arraffoni, bigotti, virtuosi per ignavia, questi sarebbero stati i miei eroi che avrei punito severamente come spesso si incarica di fare il destino. I quinterni di carta e l'inchiostro acquistati a E**** li ho poi consumati poco a poco, per appunti e note, perché quasi subito ho capito che la vita vale più della letteratura, e il sangue degli uomini scorre con più insensatezza e spreco dell'inchiostro, ma con la stessa voluttà.

E ora torniamo a noi due, mia bella.

Giunto io sulla scena della nostra avventura, non avevo ricevuto altre richieste da te. Consideravo mio dovere attenderti, come mi sembrava fossero i nostri accordi, e comunque nel dubbio preferivo lasciate a te la prima mossa. In compenso, mi apparve subito di buon mattino, ben concreto nei suoi pantaloni bianchi e la redingote dal collo ampio, il mio padrone di casa. Poiché costui aveva studiato farmacia a Pietroburgo egli pretendeva adesso di discorrere con me della vita di città: non potei rifiutare. Il giorno seguente, dirigendomi verso il centro di E****, fui costretto a passare davanti al suo palazzetto; da oltre il muro che circondava il giardino, si sentivano provenire voci di bambini, tanti bambini e voci di donne, un baccano indegno della mia passeggiata: accelerai il passo verso la via di fuga come davanti a un creditore molesto e presi la via dei campi al galoppo.

Nei tanti dettagli studiati non avevamo concordato il nostro primo incontro. Tutto sarebbe accaduto facilmente, per caso, come a Pietroburgo. Nel frattempo pregustavo la notte che ti avrei vista attraversare il cancello della mia casa per assecondare la nostra reciproca inclinazione. La mia sola preoccupazione era di non desiderare quel momento più del necessario e di non commettere l'errore di presentarmi a casa Karamzin dimostrandomi troppo ansioso di vederti.

Passarono così alcuni giorni nei quali la sola utilità fu l'aver trovato il viottolo che mi permetteva di evitare di alcune *verste* la casa e il giardino del farmacista. Per ammazzare il tempo andavo sull'unica via principale, chiamata a sproposito "la grande Prospettiva". La gente di E**** era abituata ai villeggianti e non faceva caso ai nuovi arrivati. Io, d'altra parte, non avevo nulla per essere notato, né l'abito né l'aspetto, e le signore e signorine di E**** erano abituate a non notare i giovanotti sconosciuti. Piuttosto ero io quello che si guardava attorno, sperando di riconoscere il profilarsi del tuo carrozzino fra le altre vetture che riempivano la carreggiata centrale del grande viale, ai cui lati si ergevano due doppie file di platani ombreggianti un gradevole passeggio, qui io preferivo confondermi tra i *flâneurs* locali che andavano poi a depositarsi nei tavolini dell'unico *circolo* attestato a E****.

Sulla strada le carrozze venivano condotte al passo da compunti cocchieri, e fermate spesso in mezzo al passeggio per permettere i saluti, rinnovati ogni giorno, alla stessa ora, fra le solite persone e quasi sempre con le stesse parole. Un vecchio *tilbury*, lucidato fino a brillare, veniva fermato più spesso delle altre carrozze: portava a spasso le baronessine Cerkassij, due figurette viola e amaranto nascoste dai loro ombrellini. Le salutai con un cenno del capo, mi rispose il loro cocchiere.

Mancavo da quei luoghi da almeno quindici anni e niente era cambiato. Nel tardo pomeriggio estivo, le persone si muovevano con l'aria compita della provincia. Presto mi accorsi che a E**** quelli che avevano, possedevano tutto quel che occorreva per esser felici e non desideravano altro, mentre gli altri non desideravano di più perché erano felici di quello che possedevano; si realizzava così, a E****, una certa parità di status, conseguenza della personale capacità di ognuno di affrancarsi dai finti bisogni come dalle eccessive ambizioni; i cittadini di E**** erano riusciti a ottenere, senza fatica, quella che mi sembrava la parte più soda della felicità terrena. Tutti esibivano gesti lenti, appena manierati, usavano vecchie formule cortesi che a Pietroburgo non si udivano più. Un po' distante risuonava la campana di una chiesa. Mi sentii osservato da una delle baronessine il cui *tilbury*, ripercorrendo a ritroso la strada, si avvicinava a dov'ero; quando la vettura mi venne accanto rinnovai il mio saluto e questa volta una delle due sorelle mi rispose con un leggero cenno del capo. Anni dopo, ripensando a quel passeggio comune, alla doppia fila di alberi, ai gesti lenti e ai modi cortesi, mi trovai a chiedermi se i cittadini di E**** non fossero per caso riusciti da soli a realizzare quell'uguaglianza di spirito che era l'obiettivo più alto perseguito dalla nostra Rivoluzione. Allora ti sentivo ridere e dirmi divertita: «Ero io, mio caro, che rendevo per te E**** il mondo perfetto che tu ti aspettavi dalla tua Rivoluzione». Eppure, senza nulla togliere ai tuoi benefici influssi sulle mie riflessioni, credo che a E**** ci sia ancora oggi, grazie alla saggezza innata dei suoi abitanti, una statistica più favorevole alla felicità che la nostra Rivoluzione ha solo migliorato e che chi ci seguirà deve guardarsi bene dall'avvilire.

Il giorno successivo, il farmacista tornò ancora da me. La sua nuova visita aveva lo scopo di scoprire se per caso stesse alloggiando nella sua casa un parente del principe César Alexander Tverskòj. La conferma lo colpì al punto che si dimenticò di invitarmi a cena, e perciò fu costretto a rifare due volte la stessa strada e io fui costretto ad ammettere con me stesso che senza di te mi annoiavo a morte.

Così erano già passati quattro giorni, e quattro notti, senza vederti. Io giravo per casa, giravo per le campagne, mi informavo sulla proprietà contesa fra tuo marito e le baronessine senza riuscire a metterci la testa, mi inoltravo nei boschi di betulle, cercavo la cascata nascosta dove, ricordavo, i ragazzi del posto facevano il bagno. Mi tuffavo nell'acqua gelida e mi riscaldavo al sole, sull'erba. Pensavo a te, non pensavo a te, lasciavo scorrere il tempo illudendomi che l'attesa avrebbe accresciuto il piacere. Non sapevo ancora che il rimandare è un povero espediente al quale si ricorre per rendere più desiderabili le cose di poco conto. La vera beltà è sempre desiderabile e non teme noia né abitudine, rinviare il momento di esserle accanto è solo stupida sofferenza, un tempo perduto per sempre, di cui non si smetterà mai di rimproverarsi. A mia discolpa posso dire che allora non sapevo quanto tu fossi eterna, non sospettavo che Hélèna Arkàdjevna avesse in sé la stessa inspiegabile sostanza che ho ritrovato poi sulla cima dell'Acropoli, nella luce del mattino e nei versi di Petrarca che ho letto solo in tarda età.

Facevo scempio del mio tempo con te. Mi svegliavo presto e andavo a cavalcare, continuavo a delegare al caso il compito di farci incontrare, ma invece di incontrare te inciampavo solo nel nome di tuo marito. Di Karamzin erano i campi erbosi su cui lanciavo il mio cavallo. "Karamzin" era scritto sul grande edificio di una segheria, tirata su in pochi mesi per sfruttare i boschi che si issavano sulle montagne a Ovest. «Come, non lo sapete? È di Karamzin», mi rispondevano se avevo la dabbenaggine di chiedere di chi fosse il gigantesco mulino che lavorava senza sosta sotto la cascata sottraendo così ai ragazzi un pezzo del fiume diventato pericoloso. «Due sono morti, e sì che lo si doveva capire, con queste pale. Non è certo colpa nostra se i ragazzi sono stupidi», mi diceva il mugnaio.

Ma la vecchia quercia, sola in mezzo a un campo, segno di un antico confine, era ancora là dove mio nonno me l'aveva indicata un giorno, dicendomi che la terra fino al fiume era appartenuta al barone Cerkassij ed era stata poi presa da un cattivo *mujik* che l'aveva avuta in affitto; il cattivo *mujik,* avevo appena scoperto, era il padre di Karamzin.

Continuando i miei giri, riconoscevo altri luoghi dimenticati e immaginavo di rivederli con te. Nascosto da una fitta vegetazione, trovai il mio laghetto; le anatre selvatiche si erano moltiplicate da allora, impaurite dallo scalpitio del mio cavallo si alzarono tutte in volo risvegliando in me l'emozione del mio primo colpo di fucile andato a segno.

I boschi, i terreni coltivati, le case dei contadini, il bestiame al pascolo, tutto era simile a come ricordavo, solo più piccolo di allora. A quei tempi era il nome di Tverskòj che si sentiva ripetere all'infinito tra le foglie delle betulle e i sentieri erbosi, e l'eco del mio nome portato dal vento dava al paesaggio una dolcezza amara che si confondeva col desiderio di te. Tuttavia la vendetta che mi avevi proposto non bruciava, non sentivo desiderio di rivalsa verso chi si era preso il mio mondo. Presto, mi auguravo, dal dissolversi di quel mondo ne sarebbe nato uno nuovo, più giustamente organizzato per il bene di tutti. Se mai una rivalsa volevo, era sull'uomo Karamzin, non sulla sua ricchezza.

4

La notte era chiara e il sonno avaro, lasciavo aperto il cancello e non giravo la chiave della porta. Qualunque ladro avrebbe potuto sorprendermi, ma io attendevo di essere sorpreso da te. Mi avevi raccontato che qualche volta, la notte, senza che nessuno se ne accorgesse, scendevi nelle stalle al buio, prendevi il tuo cavallo e correvi sulla collina per vedere sorgere l'alba; ora, allo stesso modo, avresti percorso le poche *verste* che ci separavano e saresti arrivata da me. Qui, in questa vecchia casa, saremmo stati liberi e avremmo visto sorgere il sole insieme per la prima volta, qui mi sarei sentito il tuo padrone e non più il ladro costretto a rubarti per averti. Ma ogni notte che passava, il sonno diminuiva e il puntiglio di averti in casa mia, alle mie condizioni, cresceva. Ora lo pretendevo come una prova di fedeltà e non trovavo ragione: volevo vederti divorata dalla mia stessa passione. Eccomi così a combattere contro il mio peggior nemico: l'orgoglio, compagno ammirevole e utile per resistere nelle difficoltà contro un avversario, ma micidiale per l'amore.

La settima notte, all'imbrunire, risuonò dalla strada il rumore di una carrozza lanciata al galoppo, proveniente dalla parte della vostra tenuta. Dallo scalpitio degli zoccoli capii che era un grosso equipaggio con quattro cavalli, mi precipitai sulla strada e riconobbi Karamzin che correva verso la via per Mosca.

Vedere il grande cocchio sparire nel buio e immaginare te da sola distesa sul tuo letto, fu un'unica cosa. Il mio rivale sgombrava il campo e io cambiai idea: tutti gli argomenti usati dal mio puntiglio vennero dimenticati. Adesso che lui se ne era andato, volevo sapere come eri, cosa facevi, chi ti stava accanto, se avevi una piacevole compagnia attorno. Il suono degli zoccoli non si era ancora spento dietro la curva che io ero già nella stalla a sellare il cavallo. In un lampo mi trovai davanti al grande cancello della tua villa, da dove, alla luce di una luna piena, si distinguevano lontano le due torri quadrate che Karamzin aveva fatto costruire ai lati della casa, per darle l'aspetto di una sontuosa magione. Mi fermai. Le due ali del cancello erano rimaste aperte. Superare quel limite era dunque facile, ma rendeva palese il fatto che mi arrendevo e che, introducendomi come un ladro, lo facevo a mio rischio. Ebbene, che fosse! Ti avrei così dimostrato di cosa ero capace per un capriccio, soddisfatto il quale avrei avuto la testa più salda per decidere sul seguito. Misi al passo la mia cavalcatura e passai il Rubicone. La strada che si inoltrava nel parco si distingueva al crepuscolo come un nastro argenteo che la luna faceva risaltare fra le ombre delle siepi. Due volpi mi tagliarono la strada interrompendo per un momento l'"uuh-uuh" monotono delle civette. Avanzavo molto lentamente per darmi il tempo di studiare la mia entrata in scena, quando un dubbio mi si affacciò petulante: ero certo che fosse Karamzin e non un altro, l'uomo nella carrozza sulla strada per Mosca? Io avevo visto *solo* la sua vettura e creduto di vedere un'ombra dietro ai finestrini, o forse nemmeno quella.

Intanto avevo oltrepassato la prima curva del sentiero. Da lì si distingueva buona parte della grande casa, con le colonne del loggiato sopra la gradinata di marmo; tutto riluceva sotto un esagerato numero di lanterne, che trovai detestabili mentre mi abbagliavano. La luce delle stelle nella notte chiara sarebbe stata sufficiente per rischiarare chiunque volesse raggiungere la villa, ma il potente Karamzin aveva fatto portare una linea elettrica in quella radura di salici e upupe e ora poteva dimostrare a tutti di essere capace di far scempio della notte e di umiliare le stelle.

Smontai da cavallo e, tenendo l'animale per le redini, avanzai a piedi sfruttando la poca ombra rimasta. La casa era muta, le finestre buie del primo piano e le rare luci delle altre stanze indicavano poche presenze, nessun invitato, nessun ospite. Mi sentii più calmo e quasi riconciliato con te che ora immaginavo addormentata. Legai il mio cavallo a un albero e avanzai ancora. Sotto il loggiato illuminato alcuni domestici prendevano il fresco, e dai loro discorsi capii che Karamzin aveva effettivamente lasciato la casa e che non sarebbe tornato presto. Aspettai che il gruppetto si ritirasse e mi misi a studiare i muri esterni della grande villa.

Sapevo che la tua camera aveva una piccola terrazza ombreggiata da un fico. Sobbalzai scoprendo una luce accesa dietro i vetri di una stanza isolata sul lato Nord, che aveva proprio un piccolo terrazzo lambito dai rami di un albero, e la finestra aperta. Per qualche tempo rimasi ad amare e a odiare quel rettangolo luminoso aperto nella notte, dal quale appariva e spariva il bianco di una tenda mossa dai refoli di vento. Non dovevo che arrampicarmi sul fico, saltare sul balcone, fare pochi passi, scostare il velo ed entrare nella tua stanza. Era tutto così semplicemente disposto, e l'impresa tanto facile che mi convinsi tu mi aspettassi, proprio come ti avevo aspettato io. Mi avvicinai all'albero, e montai sui primi rami, quando dal loggiato udii la voce di uno dei domestici chiedere a un altro: «È tardi. Sciogliamo i cani?».

«Che bisogno c'è? Abbiamo i fucili», disse l'altro.

«A Drago e Ulisse piace correre nel parco di notte», disse quello che voleva liberare i cani. L'altro li accusava di rovinare le siepi.

La disputa durò qualche minuto. Per mia disgrazia, il partito per la libertà dei cani vinse su quello per la tutela della siepi. Essere da te era cosa già fatta, ancora un balzo e mi sarei trovato sul balconcino, ma non potevo prevedere che genere di conversazione avrebbero tenuto Drago e Ulisse con il mio cavallo legato all'albero, mentre io carezzavo i tuoi piedini. "Infine non sono così spacciato da sacrificare il mio cavallo per lei", mi dissi tornando con un salto alla base dell'albero. Lasciai precipitosamente il campo. Con silenziosa rapidità, montai a cavallo rimandando al giorno dopo ogni altra decisione sul tuo conto.

Tornato al mio letto, non riuscivo a prendere sonno. L'avventura notturna aveva scosso tutti i miei nervi. Un momento mi ripromettevo di correre l'indomani da te scusandomi di non essermi fatto vivo prima, e il momento dopo decidevo di tornare subito a Pietroburgo e di obbligarmi in futuro a non occuparmi più di te se non lo stretto necessario per ottenere ciò che tornava utile alla mia gloria mondana. Ma come esattamente? E qui tutto si complicava ancora. Lo vedevo bene che ero proprio in trappola. Cominciavo a preoccuparmi di me stesso. Ahimè, ero accalappiato: ne faceva fede lo stato morale in cui versavo, e il fatto di trovarmi in un posto assurdo per Stepán Dmitrievič Tverskòj.

Rassegnato alla mia condizione, decisi allora di mandarti un biglietto, ma cosa scriverci? "Attendo istruzioni"? Un interlocutorio "E adesso?", o l'imperativo "Voglio vederti subito"? Ero a un punto dal quale non si riesce più a tornare indietro con sufficiente dignità e rimpiangevo quello che ero stato.

Ma nei momenti in cui volevo essere ancora lo Stepán di prima che ci conoscessimo, ecco subito profilarsi l'immagine del nostro primo incontro. Il nostro valzer, così disciplinato e armonico, i corpi in perfetta sintesi con la musica e in assonanza fra loro come se non avessimo fatto altro per secoli, in altre vite, dove avevamo già danzato insieme. La prima passeggiata silenziosa, il suono dei tuoi passi sull'acciottolato, la tua mano da baciare.

Povero me: dovevo stufarmi di te e farla finita se volevo vivere ancora. E per questo – concludevo poi sempre – non avevo altra scelta che restare a E**** per portare a termine il mio progetto. Ancora un'ennesima notte, rivoltavo i pensieri nelle meningi e il mio corpo nel letto senza trovare il tuo.

Sul limitare della regione del sogno un nuovo rumore di zoccoli mi riportò alla coscienza. Qualcuno si era fermato davanti alla casa. Mi alzai di scatto e andai alla finestra. Sulla strada, una donna su un cavallo nero teneva fermo l'animale fuori dal cancello impedendogli di oltrepassarlo; il suo viso era coperto da un velo e nascosto dal buio, ma riconoscevo bene il corpo e l'atteggiamento del capo, ritto. Eri tu. Finalmente mi apparivi come io volevo, tu che mi desideravi, tu che venivi da me. Ma non scendevi da cavallo, né io ti venivo incontro per condurti in casa. Così restavo alla finestra, dietro ai vetri a guardare lei che eri tu. Sentivo il ferro degli zoccoli che tormentavano il terriccio e lo sbuffare della bestia angustiata dal morso, costretta a star ferma. Io e la donna velata restammo così a guardarci e a tormentarci fino al rintocco, quando il fantasma si dissolse e io mi svegliai accorgendomi di essermi dannato ancora una volta l'anima per te.

Mi guardai allo specchio. Non mi riconoscevo: avevo gli occhi insani del pazzo e la faccia pesta e gonfia dell'ubriaco. Ma finalmente avevo deciso e avevo la forza sufficiente per trasformare le mie intenzioni in realtà: all'ora giusta avrei preso congedo da te. Con freddezza e cortesia, mi sarei vendicato delle notti insonni e dell'imbroglio con il quale per una settimana mi avevi tenuto in quella rustica bicocca dal mobilio scomodo e in un paese dove solo i *mujiki* stanno tanto bene accontentandosi del poco che hanno.

5

«Sua Eccellenza Nikolaj Aleksàndrovic non è in casa». Il vecchio portinaio aveva usato per Karamzin un appellativo che non gli spettava, ma siccome non lo sapeva e anzi lo considerava appena sufficiente, così dicendo a sproposito con fiera austerità, mi misurava dalla testa ai piedi considerando quanto fossi degno di quella casa. Io gli allungai il mio biglietto e domandai se potevo aver la fortuna di essere ricevuto da te. Prese il biglietto, lesse il nome e questa volta mi studiò di nuovo come se cercasse di ravvisare una fisionomia conosciuta. «Hélèna Karamzina oggi non riceve», aggiunse spiccando le parole come chi cerca di ripetere una strofa di poesia che aveva dovuto imparare di malavoglia.

Avevo già previsto la probabilità di una risposta simile, eri capace di aver lasciato detto: «Se arriva il principe Tverskòj ditegli che oggi non ricevo visite», e il buon uomo aveva dovuto fare una sintesi. Comunque non intendevo andarmene sui due piedi. Presi l'aria allocchita di chi cerca insetti guardandomi attorno, senza muovermi, in attesa che mi venisse in mente un espediente per farmi ricevere comunque e congedarmi.

Se la vostra casa di Pietroburgo era un tripudio ben calibrato di nuova ricchezza che non teme umiliazioni dagli snob, qui a E**** Karamzin non si era saputo dare limiti, aveva abbondato in oro, specchi, statue e sfavillii. Ero circondato da mobili nuovi, oggetti all'ultima moda, vasi preziosi mal assortiti. Notevolissimi erano quattro animali a grandezza naturale: due sfingi di marmo, e due leoni di ferro dipinti d'oro che presidiavano, dai quattro canti, quel grande vestibolo rotondo. Una sensazione di soffocamento coglieva il visitatore, anche il più bendisposto, e io non lo ero. "Mi annoio", pensai aggrappandomi a quella sensazione come un peccatore al primo segno di redenzione. "Mi annoio e me ne vado", ripetei fra me, convinto. Chiesi indietro il mio biglietto da visita e scrissi sul retro poche parole, le più banali possibili, annunciandoti con rammarico il mio rientro a Pietroburgo ma lasciandoti allo stesso tempo la speranza che io potessi ritornare a E**** una volta assolti i miei impegni. Cosa che ovviamente non avrei fatto.

Mi sentivo già salvo, e mi stavo avviando verso l'uscita, quando nel grande vestibolo entrò un uomo alto e robusto dai modi rudi, che il portinaio salutò con ossequio, lasciandogli campo senza fare domande. Riconobbi in lui un tipo che avevo conosciuto qualche sera prima a casa del farmacista, un medico di cui non ricordavo il nome. Nel rivederci mi sarei aspettato un po' più di entusiasmo, invece l'uomo mi salutò velocemente per proseguire rapido verso il piano di sopra senza neppure aspettare un valletto che lo accompagnasse. Sembrava – come si dice – perfettamente di casa.

"Evidentemente conosce la strada che porta alla camera di lei", pensai invidiando il suo passo sicuro e il modo in cui montava la grande scalinata a due gradini alla volta. Notai il suo fisico forte e ben proporzionato che unito a un viso simmetrico, un naso dritto e dei baffi sottili disegnati sopra una bocca regolare, costruivano quello che in provincia poteva essere considerato un bell'uomo.

"Certo in mancanza d'altro, può accontentarsi anche di un Marcantonio locale", mi dissi. E all'istante fui nuovamente perduto. Decisi che il mio biglietto non poteva bastare, lo ripresi dal vassoio e me lo rimisi in tasca. Per il nostro commiato era tornato necessario vederti di persona, dovevo lasciarti in modo da essere certo di farti abbastanza male da non essere dimenticato per un po'. «La campagna mi annoia», ti avrei detto, «voi mi annoiate. Sono un animale da città, se vorrete ancora vedermi quest'inverno sarò felice di accontentarvi». Questa frase e altre simili mi rigiravano nella testa mentre restavo lì, osservato dal portinaio che nel frattempo avevo appreso chiamarsi Vaska ed essere anche maggiordomo. Se almeno mi fossi accorto di essere geloso, i miei principi sarebbero venuti a soccorrermi e avrei ceduto subito il posto al medico per smentire la mia gelosia; invece mi dicevo che per la mia dignità e il mio riposo futuro dovevo per forza obbligarmi a restare lì finché non avessi avuto piena soddisfazione, e soprattutto chiarito che cosa ci facesse lì quell'uomo.

Vedendomi indugiare, il vecchio Vaska ritenne saggio informarmi che il gentiluomo appena passato era un medico, che tu non ti sentivi bene e per questo non potevi ricevere nessuno. «Nessuno a parte il medico», puntualizzai con un risolino. Ovviamente non credevo affatto al tuo malessere, ma stetti al gioco e ne approfittai per rimanere ancora lì, con l'ottima scusa di voler aspettare il dottore e potergli chiedere notizie sulla tua salute. Vaska approvò e mi condusse in un salottino illuminato da tre ampie vetrate a semicerchio, vicino alle quali si trovava un cavalletto con una tela abbozzata. Tavolozza, colori e pennelli stavano su un tavolino accanto. Mi avvicinai, nell'aria sentivo vagamente il tuo profumo, il cuore mi si strinse immaginando conciliaboli fra te e il medico.

Sulla tela avevi iniziato a disegnare la veduta che si scorgeva dalle finestre. Trovai ammirevole il tuo lavoro; anche se non avevi ancora iniziato a dargli colore, prometteva ai miei occhi la perfezione. Ah, la tua perfezione, come mi seduceva ancora! Era il tuo primo fascino, essa mi colpiva sempre perché si compiva in modo raro, indulgente e mai altero, come la perfezione di una madonna fiorentina; ora la ritrovavo nelle morbide linee del carboncino, nella nuvola che si spandeva verso lo sfondo del cielo e nel ricordo della mano che le aveva disegnate. Provavo di nuovo il desiderio di riconciliarmi con te, forse avresti trovato la scusa giusta per farti perdonare. Forse potevi davvero essere malata e allora tutto si spiegava e il colpevole ero io che in otto giorni non avevo mai chiesto tue notizie.

Nella grande villa non si sentivano rumori, le voci erano smorzate, i passi rapidi e attutiti. A un certo punto, acquietatomi cominciai a riconsiderare tutto e a ricredermi. In breve mi convinsi che davvero dovevi essere malata, forse, iniziai a temere, gravemente malata, per questo non avevi potuto ultimare il dipinto. Il tempo scorreva.

Mi rimproverai degli otto giorni lasciati passare, sprecandoli. Ora non sapevo più perché non ero corso subito a portarti i miei omaggi di vicino di casa. In fondo un gesto cortese non significa mai nulla, ma può facilitare il percorso verso la direzione desiderata.

Vaska mi offrì qualcosa da bere. Tutto era diventato lento. Mi alzai, presi a girare per il salottino, mi affacciavo sul vestibolo, tornavo a guardare la tela abbozzata. In un momento di abbandono carezzai i segni dello schizzo, seguendo con le dita le linee del carboncino disegnate dalla tua mano sulla tela. Sotto la pressione delle mie dita il quadro si inclinò e inclinandosi svelò nascosto dietro di sé un cartoncino da disegno sul quale con commossa meraviglia scoprii il mio volto. Ero proprio io, solo mi avevi fatto più bello di quello che sono mai stato. In un attimo, lusingato e felice, già ti perdonavo tutto e ti riamavo più di prima. Velocemente nascosi di nuovo il mio ritratto nell'incavo di legno della tela. Avevo sistemato tutto quando udii una voce di donna dire: «La febbre è ancora salita. Forse sarebbe meglio avvisare sua Eccellenza», e Vaska rispondere col piglio rustico della gente di quelle parti quando non sono udite da estranei: «Che sciocchezza, non si disturba il padrone per una febbre di donne».

Il dottor Sponka – ecco, il suo nome mi era tornato in mente – scese poco dopo, dipingendosi sul volto l'aria di chi sa.

«Hélèna Arkàdjevna ha la febbre molto alta, ma è di natura nervosa: non bisogna preoccuparsene», disse rivolgendosi a me, avendo cura di essere udito anche dai domestici che si erano affacciati curiosi sul vestibolo.

Tutta questa pubblicità mi irritò. Cercai di interromperlo ma non me ne diede il tempo. «Certi tipi di donne», attaccò dandosi molta importanza, «sono come delle splendide porcellane, bellissime certo, ma basta una piccola pressione e si rompono. Questa febbre non dice niente di buono per il futuro, ma c'è poco da fare. Già la sua costituzione, i suoi lineamenti, certi gesti istintivi denunciano un carattere tendente alla malinconia e penso che questa febbre sia indice di un futuro peggioramento. Peggioramento morale oltre che fisico, mi capite?».

«No, non capisco!», esclamai, sorpreso che quel medico rozzo ti avesse dato della "malinconica" davanti ai domestici. «Credo di conoscere un po' sua signoria...».

«Mi sono permesso di dire a Hélèna Arkàdjevna che voi siete qui, principe», disse interrompendomi bruscamente, con un sorriso fine che basculava fra irriverenza e allusione. «E lei vi prega di salire. Andate pure principe», concesse, «solo prestate ogni attenzione per non turbarla troppo, è molto stanca».

A quel via libera ormai inaspettato avrei voluto correre, ma il timore di farmi scoprire e la mia destrezza nel nascondere anche a me stesso il mio stato d'animo graduarono l'espressione del mio viso a un interesse appena amichevole accompagnato da un gentile distacco, e rallentarono i miei passi sulle scale e verso la tua stanza perché nessuno capisse quanto volessi vederti e stringerti, sana o malata, sincera o bugiarda che fossi.

Dopo essere stato in quel vestibolo sfavillante, di gusto ottomano, la tua camera mi apparve tutto l'opposto. Le finestre erano socchiuse, tutto era avvolto da una penombra lugubre. Tu dormivi in un letto di ferro battuto con un semplice baldacchino, molto vecchio. Lo scrittoio era stato ricoperto da una tovaglia bianca e sopra erano state disposte alcune boccette di medicinali. C'erano dei libri sul comodino e una vestaglia lasciata su una poltrona. Tutto sembrava rispettare un ordine di cose abbandonate; non era quella la stanza di una persona felice, una tristezza pesta e inconsolabile traspirava fin dal tappeto che sentivo sotto i piedi. Il mobilio era molto vecchio e un tempo di sicuro valore, ma non era degno della moglie di uno degli uomini più ricchi di Russia. Più tardi avrei saputo che lì avevi raccolto alcuni mobili venduti all'incanto dopo il fallimento di tuo padre e ricomprati da Karamzin. "Un modo per ricordarle la miseria da cui l'ha salvata", avevo pensato malignamente quando invece, mi avresti detto dopo, a quelle vecchie cose tu eri legata come un naufrago a uno scoglio.

Davanti a quel mondo oscuro, di nuovo si risvegliò il mio istinto di conservazione, quasi mi trovassi in una stanza contaminata da un morbo mefitico dal quale bisognasse preservarsi con ogni mezzo. Arretrai di un passo, ma tu apristi gli occhi e sussurrando il mio nome tendesti la mano verso di me. La bianca ombra restò sospesa fuori dal letto diversi secondi prima che la raccogliessi. Mi preparavo a salutarti brevemente con la scusa di non affaticarti, ma al solo toccare le tue dita e all'illuminarsi del tuo viso pallido una compassione tenera e fino a quel momento sconosciuta mi fermò e mi impose di resistere lì dove non c'era alcun piacere per me. Tu eri fra le lenzuola come non ti avevo mai vista. Pallida, con le occhiaie scavate, le labbra screpolate, i capelli sciolti sul cuscino, brutta. Non eri più la seducente Hélèna dalla profumata pelle di rosa che mi attraeva tanto.

Per la prima volta il tuo corpo non esercitava su di me alcun potere, ero di nuovo libero. Tu giacevi davanti a me in una condizione penosa. Dimagrita, sudavi e a tratti eri percorsa da brividi. Non avresti dovuto permettere a uno come me di vederti in quello stato. Ma l'avevi fatto e io avevo sentito il dovere di non approfittare del tuo errore.

«Hélèna», pronunciai il tuo nome con l'illusione di farti ritornare quella che eri, ma ciò non accadde.

Ora tenevo entrambe le tue mani fra le mie; almeno loro erano state risparmiate dallo sfacelo, così mi inginocchiai con il mio viso vicino al tuo. Poi fu un irrompere di sensazioni incontrollate nelle quali trattenevo a stento le lacrime e i singhiozzi di un bambino.

Per la prima volta, dalla morte di mio padre, soffrivo per qualcuno. Volevo curarti, volevo guarirti, cercavo un colpevole per quello che ti era successo. Sentivo il tuo cuore battere forte. Ho chiesto alla cameriera di passarmi i teli freddi da metterti sulla fronte. Volevo solo che tu avessi pace e ti riaddormentassi. E invece proprio perché finalmente ero lì con te, volevi parlarmi e ti tormentavi ancora. Il medico non avrebbe dovuto permettermi di salire, ma io ero lì e non volevo andarmene, temevo istintivamente che se ti avessi lasciata sola in quella casa non ti avrei rivista più.

«Ti aspettavo, aspettavo un tuo biglietto», dicesti poi in un soffio.

«Sono qui». Ti carezzavo la fronte mentre mi chiedevo: "Biglietto? Di quale biglietto vaneggia la mia cara?".

«Aspettavo il biglietto che mi avrebbe ordinato di raggiungerti», hai insistito debolmente. «Non ricordi?».

Non ricordavo proprio, avevi certo detto qualcosa sul fatto che a E**** saresti stata tu a raggiungermi quando volevo, ripagandomi di quel che accadeva a Pietroburgo dove eri tu a dettare i nostri incontri, ma quest'idea del biglietto era una tale assurdità che se anche tu l'avessi mai detta, io dovevo averla presa come un gioco e subito dimenticata.

«Quanto siamo stupidi, io e te. Vero che siamo stupidi?», dicevi tu.

«Sono qui», ripetevo io, prodigandomi per calmarti. Temevo che se ti fosse salita ancora la febbre mi avrebbero allontanato e tu saresti rimasta in balìa di un vecchio maggiordomo e di un medico che sembrava augurarsi un tuo "futuro peggioramento".

«Non te ne andare».

«Resto qui finché non guarisci», promisi.

Tu mi hai sorriso, e quella che pensavi una bugia ti calmò. Ma questa volta sbagliavi, io volevo rimanere davvero con te finché non fossi guarita e per tutta l'estate, e forse volevo rimanere anche dopo, in autunno, e forse anche per sempre, e se ci fosse stato un tempo oltre il sempre anche in quello e ti avrei scritto mille biglietti. Tu hai chiuso gli occhi e piano piano ho sentito la tua mano che allentava la presa mentre scivolavi nel sonno. Poi sono rimasto lì a guardarti senza pensare a nulla se non al tuo respiro. Era la prima volta che provavo qualcosa di tenero e disinteressato per te.

Mi accordai con la tua cameriera per poter passare accanto a te tutta la notte. La ragazza fece un po' di resistenza, ma essendo una brava donna russa e non un'austera infermiera tedesca alla fine fu ben contenta di poter dormire. Mi accomodai in poltrona, finalmente avevo tempo e pace per pensare a chi eri veramente, a cosa c'era in te che mi turbava tanto, e mi faceva paura.

Il giorno dopo la febbre non diminuiva e cominciai a temere il peggio, ma mi accorsi di essere il solo a preoccuparmi della tua malattia. Insistendo ottenni da Vaska di far tornare il dottor Sponka, sforzo inutile perché dal Marcantonio si riuscì solo a cavare la seguente idiozia: «Lasciamo fare alla natura, che è il miglior medico e il miglior giudice delle cose».

Dalla tua cameriera scoprii che Karamzin aveva abbandonato in tutta furia E**** proprio il giorno in cui eri peggiorata e aveva lasciato detto di non voler essere "assolutamente" disturbato per nessun motivo. «Solo nel caso ci sia un funerale», avrebbe detto, secondo la ragazza, tuo marito al maggiordomo. Rabbrividii.

Al terzo giorno di febbre alta, chiesi che si facesse venire un altro medico da Pietroburgo, ma questo secondo medico – che Vaska mi aveva detto di aver mandato a chiamare – non arrivò mai.

Eppure fra i matrimoni più sfacciatamente combinati in Russia, il vostro dava l'impressione di essere uno dei meglio riusciti. Lui ti ricopriva d'oro, tu lo illuminavi con il tuo nome e la tua grazia, ricacciando nel buio il suo passato. A differenza di altri sposati per interesse, quando vi si vedeva insieme non apparivate troppo infastiditi l'uno dall'altra per l'essere costretti a condividere lo stesso tetto e la stessa sorte. Ma in questa casa e fra questa gente, tutte persone di E**** mai viste a Pietroburgo e tutte a te estranee, il vostro bel matrimonio combinato mi si rivelò uno dei peggiori mai visti. E ancora oggi sono certo che se non fossi stato lì, tutto sarebbe precipitato. Sarebbe bastata una finestra lasciata aperta di notte, una medicina non data e Vaska sarebbe stato autorizzato a mandare a chiamare Karamzin.

Invece io ero lì e per fortuna tu eri forte, più forte di quello che diceva in giro il loro dottore. La febbre cominciò a scendere.

In pochi giorni il tuo mutamento fu evidente. Hai rimproverato severamente la tua cameriera e Vaska che mi avevano permesso di restare nella tua stanza perché mai avresti voluto farti vedere da me in quello stato. Io ridevo: un po' di sangue in corpo ed eri tornata tu. Naturalmente mi detestavi, almeno così dicevi, perché mi ero permesso di prendermi cura di te, ma non mi ordinavi di andarmene.

«Voglio baciarti», dissi approfittando di un attimo che eravamo soli.

«Io invece voglio frustarti e vorrei essere lo zar per farti chiudere in prigione cento anni»

«Ma poi non potresti fare a meno di venire a trovarmi», risposi prendendomi il bacio che volevo.

La nostra riconciliazione fu totale.

Nei giorni dopo venni regolarmente a farti visita, mentre la mia fama si diffondeva per E****. Ormai anche i ragazzini sapevano chi ero. Molti avevano riconosciuto in me il nipote del vecchio principe Tverskòj, e tutti sapevano che avevo passato diverse notti al capezzale di Hélèna Arkàdjevna mentre Karamzin faceva i suoi affari a Mosca, o secondo qualcuno, addirittura a Sebastopoli, dove d'estate gravitava tutta la corte.

Karamzin tornò. Informato della mia dedizione al tuo capezzale, mi ringraziò, riconobbe che se tu eri salva lo si doveva solo a me e disse che se Vaska non fosse stato così vecchio avrebbe dovuto farlo frustare perché non aveva mandato a chiamare un medico a Pietroburgo e soprattutto non aveva mandato a chiamare lui, lasciandolo ignaro tutto quel tempo.

6

Qualche sera dopo si diede in casa Karamzin un piccolo ricevimento. Tornai da te nei panni dell'ospite prediletto cui si deve riconoscenza. All'ingresso Vaska non mi squadrò più da capo a piedi e ricevendo i miei guanti e il mio cappello si diede persino la pena di inchinarsi.

Ti vidi subito o, per meglio dire, corsi subito da te, senza dedicare alcuna attenzione alle altre persone. Indossavi un abito estivo, molto semplice, che esaltava il pallore lasciato dalla malattia recente e permetteva, a chi ci si applicasse, di decifrare il movimento delle tue gambe lunghe sotto l'organza leggera. Giravi fra i tuoi ospiti con l'aria un po' stanca che un estraneo avrebbe attribuito alla convalescenza, ma io sapevo che tu eri stanca di tutto. Adempivi piuttosto bene al tuo dovere di occuparti dell'uomo che ti aveva salvato la vita, così bene da farlo sembrare una cortesia dovuta, ti dicevi grata per la mia abnegazione e le mie cure, ti appoggiavi al mio braccio mentre navigavamo in quello stagno.

Anche Karamzin mi lodava, lasciando capire a tutti che proprio così avrei dovuto comportarmi poiché ero venuto a soggiornare ad E**** per risolvere i suoi affari e che da me non si sarebbe aspettato nulla di meno.

«Permettete che vi presenti l'avvocato Stepán Dmitrievič Tverskòj», disse a un certo punto rivolto a due anziane signore che si erano appena sedute su un divanetto vicino a uno dei camini. Erano, le avevo già riconosciute, le baronessine Cerkassij. Le anziane dame erano state invitate in qualità di personalità residenti a meno di venti minuti di carrozza dalla vostra villa, e naturalmente, per darmi l'occasione di conoscerle e d'ingraziarmele. «Se hanno accettato l'invito, vuol dire che non vedono l'ora di chiudere la causa», mi aveva detto Nikolaj Aleksàndrovic quando erano state annunciate, esultante nel vederle apparire per la prima volta in casa sua. Io invece cominciavo a sospettare proprio il contrario.

Le due baronessine conservavano ancora il ricordo di una bellezza non comune che la cipria fissava in uno splendore da maiolica, e indossavano per vezzo abiti fuori moda, usati in gioventù. La maggiore, Caterina, mi studiava con i suoi occhi grigi da gatto che spiccavano su una carnagione olivastra, mentre due ciocche candide risaltavano sul resto dei capelli ancora nerissimi e naturalmente ricci, incorniciandole l'ampia fronte dal viso ben disegnato attorno ai due zigomi alti. Olga era più piccola e rotonda, portava ancora il busto, al quale Caterina doveva aver rinunciato da tempo, i capelli bianchi conservavano il biondo slavo, mentre la pelle candida ravvivata dal belletto esaltava due occhi nocciola con il taglio obliquo dei tartari, vagamente strabici e quasi certamente miopi.

Non appena Nikolaj Aleksàndrovic disse il mio nome – esse lo conoscevano già – le baronessine precisarono subito che avevano accettato l'invito *solo* per rivedere il piccolo Saša ormai diventato un uomo. Saša ero io. Mi ritrovai quindi impegnato a scansare in mille modi i ricordi di me in sottanine e boccoli e per far questo dovetti dilungarmi su tutti i dettagli del "magnifico funerale" di mia nonna, "la cara Maša", a cui non avevano potuto partecipare, perché i loro due cocchieri si erano ammalati e non si poteva lasciare guidare la loro *troika* a sprovveduti. Dopodiché mi illustrarono tutti i dettagli sulle abilità richieste per condurre una *troika*, destrezza che entrambe avevano imparato già a tredici anni, mi chiesero di far pervenire i loro saluti a mia madre e mi invitarono a casa loro per una di quelle sere. Ci vollero almeno venti minuti per riuscire a liberarmi di loro. Karamzin mi aveva abbandonato e tu avevi dovuto seguirlo per ricevere altri ospiti.

Di quel mio primo incontro con le baronessine ricordo i miei tentativi cortesi di abbandonarle per raggiungerti, garbatamente frustrati dai loro modi antichi. Mi divertì il loro spirito acuto, che esercitavano in modo fine a detrimento del nostro ospite senza peraltro dire, letteralmente, nulla di male. La partita con loro non sarebbe stata facile, era questo che venivano a dirci, perciò mi lasciarono libero solo quando furono certe che avevo capito.

A tavola, il mio posto era stato fissato alla tua destra. Alla tua sinistra, di fronte a me, sedeva il conte Zilienskij, proprietario di una fabbrica di bottiglie; sua moglie era alla mia destra. Le baronessine avevano scelto di sedersi accanto ai Zilienskij costringendo Vaska a scambiare dei posti. All'altro capo del tavolo, accanto a Karamzin era seduto un professore di Pietroburgo di qualche scienza naturale, tale Golovin se non ricordo male, lo *starosta* di E**** e il colonello Levin che, avendo sposato la famosa attrice Anna Oblenskaja, era, dopo Karamzin, la principale celebrità di E****. Il colonnello si era già scusato due volte con tuo marito per l'assenza della moglie, impegnata nelle prove di un nuovo spettacolo, e adesso, appena accomodatosi, si scusava per la terza volta ottenendo che qualcuno gli chiedesse finalmente di parlare di questo spettacolo.

Fra gli altri personaggi, illustri solo al di qua e al di là dell'unico viale di E**** e da me dimenticati, ritrovai il dottor Sponka, che ora pretendeva da me di essere chiamato Alessio, e accanto a lui notai una coppia insolita, molto silenziosa e così immobile da sembrare fatta di cera: la donna era una bellezza florida sui trent'anni, dai capelli biondi e i grandi occhi azzurri; indossava un abito sobrio ma di fattura molto pregevole che contrastava con l'insieme della sua persona alquanto comune. Vicino a lei sedeva un ragazzo che le somigliava molto, vestito alla marinara come usavano all'epoca i bambini bennati, che poteva avere dodici o tredici anni. La mancanza, al fianco della donna, di un marito che giustificasse il fanciullo, la catalogò, per me, come una vedova benestante.

La serata trascorreva fra aneddoti locali, piatti poco raffinati ma indubbiamente gustosi, che venivano serviti da camerieri impegnati a far notare il loro zelo nel versarci il vino; ricordo che a un certo punto uno di loro si spinse a rivelare a un commensale rubicondo il valore delle bottiglie ottenendone il compiacimento desiderato. Tutto avveniva sotto lo sguardo di Karamzin che aveva perso l'aria compunta di Pietroburgo e si lasciava volentieri andare a battute mordaci e a qualche bicchiere in più.

Verso la fine di quel convivio, quel bel tipo del dottor Sponka alzando la voce dall'altro capo della tavola si lanciò in un sermone sulla tua salute delicata, guastata dall'aria insalubre di

Pietroburgo, raccomandandoti, ora che ti eri rimessa, lunghe passeggiate per le campagne salubri di E****. Tu hai annuito con disinteresse e hai continuato a seguire la conversazione che si era avviata dalla nostra parte. Ma il medico, che aveva parlato usando tutta la forza della sua voce da baritono e aveva ottenuto l'attenzione di tutti compreso Karamzin, proseguì con una battuta volgare su come dovesse essere il fisico delle donne sposate, «fisico», diceva lui, «ormai consacrato a un solo scopo». Alcuni risero, ma non Karamzin, per cui si creò un certo gelo. Allora il medico aggiunse con serietà rivolgendosi a lui: «Qualunque marito a una silfide leggiadra dovrebbe preferire una donna forte per poter avere figli altrettanto forti». Karamzin si irrigidì. Per la prima volta lo vidi incapace di trovare la risposta per mettere a posto qualcuno. Per il bene di tutti intervenne il conte Zilienskij.

«Ho il sospetto che il nostro dottore stia pensando a un ideale di donna vagheggiata da lui in queste valli», intervenne provvidenzialmente, ridendo. Risi anch'io immaginando il dottor Sponka inutilmente innamorato di una rubiconda fanciulla del luogo, e credetti di trovarla nella donna bionda e muta che alle sue parole era arrossita e ora stava osservando attentamente il pizzo dei suoi polsini.

«Io parlo da uomo di scienza, lascio le passioni ai romanzieri», rivendicò Sponka, proseguendo imperterrito sulla linea dritta del suo dire, come solo gli ottusi sanno fare. «Spero ammetterete anche voi, caro conte, che il matrimonio ha proprio nei figli il suo più santo compimento».

«Qui parla da prete però», osservò Olga Cerkassij rivolta alla sorella Caterina.

Io cercai con lo sguardo i valletti, sperando nell'arrivo di una nuova portata che potesse sviare l'attenzione e occupare in modo più auspicabile la bocca tumida, dai denti voraci, del medico insopportabile. Ma la disputa si era aperta e appassionava più di un commensale. Anche il professore di scienze naturali volle dire la sua. Sottolineò che «una gentildonna quando ha avuto un figlio maschio per garantire la trasmissione del patrimonio di famiglia, e magari un secondo nel caso il primo venga a mancare, ha fatto tutto il suo dovere. Anzi», sosteneva, «troppi figli nelle classi alte non sono da desiderarsi».

A questo punto qualcuno disse qualcosa sulle perdite economiche causate ai patrimoni familiari dalle cause intentate dai troppi eredi; da avvocato venni chiamato a dare il mio parere su alcune famose cause testamentarie di cui si parlava a Pietroburgo. Karamzin aveva ripreso sicurezza e mi prestava molta attenzione. Osservandomi dall'altro lato della tavola non poteva non vedere che tutte le signore, tu per prima, pendevano dalle mie labbra. Non faccio torto a nessuno dicendo che ero dotato della bellezza della gioventù e del fascino dei Tverskòj.

«Tutte seccature da cui voi siete stato risparmiato, vero caro avvocato?», disse Karamzin appena ebbi finito. «Vostro nonno se non sbaglio non è riuscito a lasciarvi nulla». Invidiava i miei ventidue anni, credo.

«Sono libero da seccature ereditarie che mi riguardino, in compenso sono sommerso dalle seccature altrui», gli risposi con prontezza. L'uditorio apprezzò la mia risposta, le baronessine Cerkassij risero in modo significativo guardando Karamzin, il quale si affrettò a darmela vinta consapevole che la gran parte delle seccature che mi sommergevano venivano da lui.

«A proposito di seccature altrui», proseguì infatti benevolo, «spero di non procurarvene una in più; ma forse potrebbe non dispiacervi troppo trovare del tempo per scortare Hélèna a fare qualche passeggiata nei villaggi qui attorno. Ve ne sarei molto grato, Stepán Dmitrievič».

L'attenzione di tutti, già rivolta a noi, aumentò.

«Se Hélèna Arkàdjevna ne ha piacere...», risposi guardandoti mentre il brusio si era attutito fin quasi al silenzio.

«Sono sicuro che Hélèna Arkàdjevna ne sarà felice», rispose subito lui senza guardarti, «il dottor Sponka la vedrà irrobustirsi come desidera, e chissà che con qualche passeggiata le sostanze di Nikolaj Aleksàndrovic non siano messe al sicuro da una sana e legittima discendenza». Karamzin sorrideva con i suoi denti larghi e forti fissando Alessio Sponka che questa volta, per nostra fortuna, non riuscì a trovare nulla da aggiungere. Una risata acuta subito soffocata partì dal ragazzino vestito alla marinara ammonito da uno sguardo feroce della madre che non rideva affatto. I bicchieri si levarono e gli auguri di una lunga discendenza vi sommersero.

Le tue mani tremavano impercettibilmente. Strinsi con forza sotto la tavola quella che mi era più vicina, era gelata come il marmo d'inverno.

«Suvvia Hélèna Arkàdjevna, non arrossite, non abbiatene a male», disse Karamzin alzandosi e venendo verso di noi mentre tutti lo guardavano con un misto di timore e reverenza. «È normale, sapete, che una moglie abbia figli e che un marito voglia averne», aggiunse mentre faceva il giro del tavolo tendendo in modo teatrale le braccia verso di te.

Quando fu vicino a noi, il suo sguardo mi sembrò terribile, lasciai la tua mano ancora tremante. Lui ti tese la sua come per invitarti a danzare, ma il gesto era rapido e imperioso e il tuo alzarti fu immediato e obbediente. «Io non sono che un povero mercante», scandì lui teatrale, «e non sono degno di sfiorarti l'orlo del vestito», sorrise. Ti fece fare un giro di danza cantando la musica di un valzer viennese. Sorridesti anche tu, il sorriso più triste che abbia mai visto. «E siccome non sono degno di sfiorarti l'orlo del vestito ti bacerò sulla bocca», concluse baciandoti, fra gli applausi di tutti.

Applaudivo anch'io dissimulando il fastidio per quel quadretto di amore coniugale. Ma ciò che mi scorreva davanti agli occhi era orribile: vidi senza potermi opporre l'istintivo ritrarsi del tuo busto a quell'abbraccio, subito represso con forza da te, le tue labbra immobili, il tuo collo fermo, tenuto dalla sua mano. Compresi allora la mostruosa sopraffazione, l'indegna schiavitù di un matrimonio imposto. Non poteva dirsi civile una società che ammette un tale sacrificio umano. Un sacrificio che dura tutta la vita e poi, secondo la nostra religione, dovrebbe durare per tutta l'eternità.

Giunta al suo culmine, la serata era guastata ma continuava in un'atmosfera sempre più falsa. La scena del bacio aveva provocato eccessi di spiritosaggini e licenze sguaiate. Persino Alessio Sponka e la bella vedova sembravano offesi da tanta volgarità. Da qualche parte apparve un violino e qualcuno che lo sapeva suonare.

Io ero impaziente di vedere un altro giorno. Ero arrivato con la speranza di poterti parlare un po' da solo, come accadeva sempre durante i ricevimenti di Pietroburgo, ma purtroppo eravamo le principali attrattive della serata e tutta quella gente non ci dava tregua. Due coppie si misero a danzare al suono del violino. Temetti il peggio, ma, per nostra fortuna, Karamzin si era allontanato a parlare con Zilienskij e il violinista era troppo brillo per reggere a lungo. Ti compativo vedendoti prigioniera di quel piccolo mondo. Tu, Hélèna Arkàdjevna a cui l'Imperatore un tempo avrebbe potuto baciare la mano, ti ritrovavi a essere offesa da un medico di campagna e da un marito presuntuoso. Le prime ad abbandonare la scena furono le baronessine, decisione provvida che accelerò la fine della serata.

Ai nostri saluti la tua mano non tremava più, ma la tua voce era sulla soglia del pianto mentre sceglievi le parole più convenienti per scusarti della compagnia non proprio brillante e della scenetta familiare che tuo marito aveva imposto a tutti. Mi guardavi mentre trattenevo la tua mano; avevi paura di me e avevi ragione, mi conoscevi bene. Ero proprio il tipo d'uomo che solo per far ridere le persone giuste sarebbe stato capace di far conoscere a tutta Pietroburgo quali fossero le vere abitudini e le amicizie di Karamzin. Ma come dirti che adesso non potevo più?

Ti risposi di pensare solo ai luoghi dove preferivi andare a cavalcare il giorno dopo, perché mi sarei presentato alle dieci in punto.

Uscito dalla grande casa, ripresi a respirare a pieni polmoni. Sulle scale del loggiato, illuminato a sproposito, riuscii a evitare il dottor Sponka impegnatissimo in quel momento nell'illustrare al ragazzino vestito da marinaio e a sua madre i misteri dell'elettricità.

7

Il giorno dopo, vedendomi ricomparirgli davanti già nel primo mattino, l'impudente Vaska, ritto sulla porta, sprizzava malizia dai piccoli occhi neri che mi guardavano dritto. «Vi annuncio alla signora», disse con l'aria di chi sa tutto, inviando, senza attendere risposta, un valletto al piano di sopra.

Il mattino si presentava splendido. La pendola inglese suonava le dieci meno un quarto. Ero curioso di vedere su Karamzin l'effetto della mia premura per te. Lui arrivò quasi subito in giacca da caccia, stivali, di ottimo umore e molto bendisposto nel trovarmi lì.

«Caro Stepán! È un piacere rivedervi così presto», disse stringendomi la mano e dandomi un colpo affettuoso sulla spalla. «Non credo che Hélèna vi aspettasse già a quest'ora, ma vedrete che alla fine scenderà. Vi terrò io compagnia per un po'». Tuo marito doveva andare a perlustrare la parte di un bosco che bisognava tagliare per far arrivare anche a E**** la linea ferroviaria per Mosca ma, avendomi trovato lì, non riusciva a non raccontarmi il suo ultimo affare.

«Un vero colpo», mi disse. «Sto per acquistare un patrimonio a quasi metà del suo valore». Chiesi da chi proveniva l'affare.

«Forse lo conoscete». Disse il nome: Eugène Roché. Non lo conoscevo ma il nome Eugène Roché mi si fissò nettamente nella memoria come allora mi accadeva per tutti i nomi che in qualche modo fossero legati alla ricchezza o al denaro. «Questo francese», prese a raccontare, «tanto stimato da tutte le persone di qualità di Pietroburgo, è però un vero originale: immaginate che suona ancora la spinetta e pare – dico "pare" per convenzione – che frequenti gruppi spiritisti dove si intrattiene volentieri con l'aldilà. Ora, qualche spirito lo avrebbe convinto che l'Imperatore, e tutti noi, abbiamo i giorni contati. Un mese fa, con aria serissima, mi ha preso da parte e mi ha rivelato che a un tavolino parlante il fantasma di Alessandro II gli ha detto di vendere tutti i beni di sua moglie e della famiglia di lei e di tornare in Francia. E la famiglia della moglie, come reagisce? Invece di farlo interdire, lo asseconda. Io ho provato a dissuaderlo, ma lui ha creduto che volessi tirare sul prezzo e stava per rivolgersi altrove. A quel punto gli ho detto che avrei comprato tutto io».

Lo ascoltavo senza dir nulla, lanciando di quando in quando uno sguardo verso la scala da dove dovevi apparire.

«Ma noi siamo certi che lo Zar resterà al suo posto. Nulla può cambiare per noi, noi siamo la Russia! Vero Stepán Dmitrievič?», chiese, cercando di sollecitare un mio parere che non arrivava. Costretto, ammirai l'affare con lo strano francese e per scherzo citai altri tavolini parlanti che assicuravano lunga vita a Nicola II e ad Alexandra Fëdorovna. Ma Karamzin prendeva la cosa seriamente.

«I Russi», proseguì con convinzione, «sono un popolo troppo sentimentale; non taglieremmo mai la testa al nostro Piccolo Padre e in fondo», disse sicuro del mio assenso, «i nostri contadini sono i più felici, e lavorano meno che in altri Paesi». Inutile controbattere, il profumo del denaro rendeva tuo marito ottimista e io non avevo voglia di impelagarmi alle dieci del mattino in una conversazione socialista. «Vedete in che condizione mi trovo? Per colpa di un tavolino parlante mi toccherà arricchirmi ancora», concluse ritrovando il buonumore.

Risi. Se la voglia di arricchirsi impediva a Karamzin di vedere che ogni tanto anche il nostro popolo sentimentale mandava un ministro all'altro mondo, o attentava alla vita di uno Zar riuscendoci, non sarei stato io a ricordarglielo.

Nikolaj Aleksàndrovic mi descrisse minutamente ciò che aveva appena acquistato: l'estensione, la collocazione dei beni e come questi avrebbero potuto incrementare altre sue attività e imprese. I particolari dell'affare francese erano descritti con grande attenzione di linguaggio e un piacere sottile che traspariva dallo sfavillare degli occhi e dallo sforzo di nascondere che era proprio nell'arricchirsi il primo scopo e la prima gioia della sua vita; tutto il resto era solo sfondo, uno sfondo informe dove eravamo confusi anche noi due con la nostra piccola tresca, insignificante per lui al punto di non accorgersene. Il sospetto che fossi lì da voi, di primo mattino, perché bruciavo dalla voglia di vederti, non lo sfiorava minimamente tanto era sicuro di essere lui, l'uomo potente e ricco, il beneficiario del mio zelo.

La storia del francese e del fantasma di Alessandro II produsse però una conseguenza su di noi: mentre Karamzin descriveva le sue prossime ricchezze io mi immaginavo con te a Parigi. Così nacque in me l'idea di lasciare la Russia e di andare in Francia. Fantasticavo senza particolare intenzione, e senza progetti definiti. Fissavo tuo marito con occhio inerte e annuivo a intervalli regolari, lasciando cadere un "certo", e un "è così", intanto vedevo noi due cavalcare al Bois, baciarci al Luxemburg, nasconderci in un appartamentino grazioso affacciato sulla Senna.

La pendola suonò le dieci e tu apparisti in cima alle scale sorprendendoci entrambi.

Eri vestita di un rosa pallido che a me parve bianco per la luce che io vedevo intorno alla tua persona. Quando si dice "lei era raggiante": indubbiamente lo eri. Avevi un sorriso che non conoscevo, nemmeno davanti a lui riuscivi a nascondere la gioia di vedermi, sembravi una bambina la mattina di Natale e io ero il tuo regalo. Mentre assistevo a quello spettacolo, l'occhio di Karamzin mi scrutava, io ero impassibile.

Ho scommesso col destino: "Se viene al mio fianco sarà mia per sempre. Se si mette accanto a lui la perderò". A pochi passi da noi i tuoi occhi brillavano, ti ho baciato la mano, quasi l'ho stretta per trattenerti, tu ti sei infilata i guanti ma ti sei messa accanto a tuo marito: avevo perso. Allora rinnegai la scommessa, convinto com'ero a vent'anni che il destino non esiste, ed è solo la nostra abilità di gettare e rigettare i dadi sul tavolo della vita a decidere tutto.

«Hélèna, oggi vi siete alzata presto», ti disse lui. «Vedete, il caro Stepán non vi ha fatto aspettare, una vera cortesia principesca».

«Quando Karamzin dà un ordine, anche i principi obbediscono», hai risposto lusingandolo, sistemandogli il sottile fiocco della cravatta. Poi con un passo armonioso, facendo ruotare la gonna del vestito, mi hai preso sottobraccio, fermandoti accanto a me. Esultai mentre il causidico innamorato trovava ottimi argomenti per rassicurarmi della mia fortuna con te; giacché, mi dicevo, bisognava considerare tutti i tuoi movimenti insieme, che si erano conclusi al mio fianco, non tenendo conto del tuo primo movimento verso di lui.

«Perché non vi unite a noi, Nikolaj Aleksàndrovic?», ebbi la spavalderia di proporgli.

«Perché mi annoio a gironzolare per villaggi e boschi e non mi piace cavalcare quanto piace a voi due», fu la pronta risposta. «E poi», aggiunse guardandomi con i suoi occhi penetranti, «la natura qui attorno non mi ispira, tutto ciò che posso ammirare nel distretto di E**** non ha per me nessun interesse romantico perché l'ho già comprato», concluse con intenzione. Già, come non saperlo? Fra le cose da lui comprate c'eri anche tu.

"Anche il mio interesse per boschi e valli di qui", avrei voluto volentieri avvisarlo, "non ha nulla di romantico". E lui, come tutta Pietroburgo, avrebbe dovuto sapere che in Stepán Tverskòj di platonico c'era solo la consistenza del suo conto. Ma preferii tacere rimandando quelle precisazioni ad altre occasioni.

Dopo esserci tutti e tre augurati il meglio per quella giornata lo guardammo andarsene come si guarda un carro lento e pesante che si toglie dal mezzo di una strada ampia e libera.

Davanti al loggiato il tuo carrozzino ci attendeva. Lì, accanto al cocchiere, era seduto un ingombrante, per quanto magro, garzone tuttofare, destinato quel giorno a noi come valletto. Io lo accolsi come una spia, mentre tu lo chiamavi Juri.

Ligio al suo ruolo, il ragazzo si impose per aiutarti a salire sul coupé e per tutto il breve viaggio non mi perse d'occhio.

La giornata era nel suo fulgore e di sicuro avrebbe mantenuto le sue promesse se non ci fosse stato quel giovane lungo e smilzo, con le ginocchia sbucciate che spiccavano rosse come ciliegie fuori dalle braghette insolitamente linde. La nostra meta era un vecchio castello abbandonato, risalente ai tempi di Ivan il Terribile. Arrivammo in pochi minuti, nel punto da dove si doveva prendere a piedi una stradetta solitaria impercorribile con il carrozzino.

Ti offrii il braccio e iniziai a dire qualcosa sulle leggende che giravano intorno a quelle mura, ma Juri invece di restare sulla strada maestra con il cocchiere ci aveva seguiti e ci tallonava a pochi passi.

«Non bastava il cocchiere a garantire la tua virtù?», dissi a un certo punto, scoprendo il bello scherzo che mi avevi preparato e vedendo la giornata definitivamente rovinata. «Con lui vicino, non ho nemmeno più voglia di sfiorarti la mano, e tu mi risulti totalmente indifferente».

«Allora dirò a Juri di lasciarci in pace», hai detto, ordinandogli subito dopo di andare a cercare un posto abbastanza confortevole dove più tardi avremmo potuto ristorarci.

«Non ho avuto la fortuna di amare ed essere onesta», hai mormorato appena siamo rimasti soli, guardando verso la cresta dei monti, lontanissimi.

Finsi di non aver udito, ma mentre ci addentravamo in una radura, quell'"onesta" pronunciato da te prese un suono diverso da come l'avevo inteso fino a quel momento. Non credevo ci tenessi tanto a quella virtù di cartapesta, costruita dalla nostra società sulla base di apparenze e falsità convenute. Ti avevo sempre considerata al di sopra di certe ipocrisie e me stesso fuori da simili impicci. Ma adesso che l'avevi detta, la parola abusata si trasformava dentro di me. "Anch'io non ho avuto la fortuna di amarla ed essere onesto", pensai osservando il tuo profilo circondato dalla luce del mattino.

Un vento fresco ci raggiunse all'uscita di quel boschetto, proveniva dalle pietre del castello che ci era apparso davanti. Stavo per dirti che tu eri la più onesta fra le donne, perché ti eri sempre data "onestamente" a me, ma tacqui. Non riuscivo più ad essere scaltro nell'assecondarti, per poi piegarti più facilmente. Tutte le astuzie che avevano segnato le mie glorie terrene, d'un tratto apparivano vili e indegne di me.

Sotto i nostri piedi, le ombre lunghe dei nostri corpi oscillavano amiche, una verso l'altra. Parevano ombre di un'altra coppia, più felice, capace di confondersi e avvicinarsi senza farsi male. Noi invece sembravamo sempre destinati a essere incapaci di stringerci senza ferirci. Solo la tua mano appoggiata al mio braccio mi parlava ancora, mentre tu vagavi lontana. Io tacevo e non riuscivo a trovare una parola; allora presi la tua mano, intrecciando le nostre dita.

Così, senza dirci nulla, arrivammo all'ingresso del castello. Una targa avvisava in russo che l'edificio era pericolante. Chi entrava l'avrebbe fatto a suo rischio, ma sotto i caratteri cirillici qualcuno aveva scritto in francese: *Entrez sans souci ni désespoir*. E noi entrammo senza pensieri né più affanni, dimenticando il mondo.

Dalle bifore screpolate passavano fasci di luce e un leggero tepore che negli anni aveva alimentato una vegetazione di muschi e di erbe aromatiche. Parte del soffitto era crollato e dallo squarcio si vedeva un cielo senza nuvole sul quale imperavano dei falconi selvatici che condividevano quel rifugio con più miti colombi e con una legione pacifica di gatti acquattati sulle pietre scaldate dal sole.

Sotto le torri merlate eravamo al sicuro, protetti da un mondo distrutto, dove restare dimenticati. Tu eri incantata e incerta.

Guardavi me e il castello con la stessa espressione di chi sogna e vuole continuare a sognare.

Le stanze erano immense, risuonavano dei nostri passi, di colpi d'ala e fruscio di gatti. Io continuavo a cercarti benché fossimo vicini. Ti cercavano le mie dita intrecciate fra le tue, e i miei occhi, curiosi di quello che tu avevi ed eri e che corrispondeva in tutto alla mia natura. Mentre ti stringevo sentivo che anche noi, come le nostre ombre, eravamo fatti della stessa sostanza, dello stesso pulviscolo azzurrato che saliva sui raggi di luce verso le finestre vuote; finalmente ci confondevamo l'uno nell'altra senza dolore. Cercavo i lacci del tuo corsetto con la confidenza amorosa di uno scienziato che sfiora gli ingranaggi della sua bella creatura. Tu eri celeste e cara.

Tra i muri ancora forti e mai abbattuti, dimenticai lo Stepán che ero, uno che disprezza gli altri per non disprezzare sé stesso, un uomo che non essendo nelle condizioni di sposare una donna, la travia credendo così di pareggiare i conti con la sfortuna. Tutto questo se n'era andato *sans souci ni désespoir*.

I baci ci toglievano i respiri precipitandoci nell'amnesia. Esploravamo saloni e corridoi, dove si udivano suoni che parevano giungerci dall'altro mondo. Perduto l'orientamento ci ritrovavamo in stanze già viste, in angoli di cui riprovavamo le scomode dolcezze, e in altri anfratti nuovi. Mi tornavano in mente vecchie storie che quelle mura avevano conosciute. Favole di uomini che quel castello avevano difeso, di spettri usciti dalle tombe e saliti a danzare sui tetti per spaventare gli usurpatori, e di principesse rimaste ad aspettare per sempre cavalieri morti in terre lontane.

«Ancora un po'», chiedesti.

«Ancora un po'». Fu fatto.

Ci lasciavamo spiare dai gatti, mentre i più coraggiosi fra loro carezzavano i nostri piedi. In una sala immensa dove la fantasia poteva ancora udire musiche di balli antichi, grappoli di risate, sussurri di amori e congiure, scoprii graffiati nel muro le iniziali di due nomi, e sotto la scritta: "*de Paris à E**** 1884*".

Con i polpastrelli abbiamo seguito le lettere scavate sul muro.

«Solo dei francesi possono lasciare Parigi per venire fra queste rovine».

«Non disprezzare il tuo castello. È ancora tuo, vero?».

«Molto probabile; Karamzin non compra rovine…».

Il desiderio trasformava il nostro castello in un labirinto senza uscita, ci trovavamo sempre in luoghi nuovi e in corridoi diversi, amavamo le scale. Mai gradini sono stati tanto comodi come quelli del castello nel distretto di E****. Juri ci trovò solo molto più tardi.

Nel castello, avevamo dimenticato il nostro guardiano ma lui non si era dimenticato di noi e inoltratosi fra le mura ci aveva raggiunti per dirci di aver trovato un posto non troppo lontano da lì dove si poteva far colazione. Sotto il pergolato di un casa, l'ombra spessa di un glicine e il fresco avevano creato una piccola grotta lilla e profumata dove stavamo bene. Non avevamo fame.

Io mi ero messo a parlare di un nostro immaginario viaggio in Francia. Tu non avevi mai lasciato la Russia, e hai detto che forse avresti potuto convincere Karamzin a portarti in Francia, bastava dirgli che uno degli uomini più ricchi della Russia aveva l'obbligo di visitare Parigi. «Avremo certamente bisogno di un segretario che parli bene il francese così potresti prendere il nostro stesso treno…», la frase ti morì sulle labbra e impallidisti. Quelle parole, buttate lì con leggerezza divertita, ci avevano riportato nel nostro mondo di sempre. «No, certo non è possibile», hai detto subito, «tu non accetteresti mai. Io non lo vorrei». E poi, siccome il mio viso doveva avere qualcosa di straziante per te, ti sei lanciata a dire: «Allora scapperò con te! Che idea andare a Parigi con il vecchio Matusalemme! Se sogniamo, sogniamo bene!». Sì, abbiamo sognato bene insieme, io e te, anima mia.

Poco dopo, il sole prendeva la via del tramonto e noi quella del ritorno.

Oltrepassato il cancello della tua villa, lungo il viale che attraversava il parco, incrociammo un calesse nero che rallentò per darci strada. In cassetta riconobbi la bellezza bionda vista a cena la sera prima, accompagnata dallo stesso ragazzino. Ora lei non mi pareva più la bambola di cera della sera prima; condurre il calesse le aveva restituito carattere e spirito, uniti all'inconfondibile aria che circonda la donna sicura di sé. La madama ci salutò piegando il capo con ostentata deferenza, e dai suoi occhi di mucca soddisfatta, scappò uno sguardo da faina che mi colpì al punto che volli sapere finalmente chi fossero lei e quel ragazzo.

«Sono l'opera buona di Karamzin», hai risposto con fastidio.

«Opera buona?».

«Non lo sai? Qualunque uomo ricco deve fare almeno un'opera buona nella vita per farsi perdonare le altre malefatte, perché poi si possa dire di lui: "ma in fondo è un brav'uomo". Irina Lijubova e suo figlio Vassilij sono l'opera buona di mio marito, e oggi madre e figlio sono venuti a far visita al loro benefattore mentre noi eravamo al castello».

8

«Il principe Stepán Dmitrievič Tverskòj!», mi annunciò con un filo di voce un vecchissimo domestico ancora in polpe.

Le baronessine Cerkassij erano felici di vedermi arrivare dalla prima di due sale che si aprivano su una terza più ampia, dove mi aspettavano, sedute su due poltrone pluricentenarie con le spalliere rivolte a un camino. Da lontano sembravano assise su dei troni mal messi e austeri. E non escludo che proprio questo fosse l'effetto da loro desiderato sull'ospite che veniva a omaggiarle.

Ero arrivato in anticipo sull'orario del piccolo ricevimento. Negli ultimi giorni Karamzin stava diventando sempre più pressante, adesso voleva chiudere la faccenda ereditata dal padre a qualunque costo, dicendosi persino disposto a pagare più del doppio della cifra sensata, immaginata molto generosamente, in un primo momento. Per questo ero lì; speravo di poter parlare da solo a sole e di convincerle usando la simpatia che esse dimostravano ancora di avere per il piccolo Saša. Leggendo le carte della causa Cerkassij, avevo compreso meglio i profondi motivi per i quali quale Karamzin fosse pronto a spendere una cifra tanto spropositata per chiuderla. Tuo marito, come ricordava bene mio nonno, non solo non aveva alcun diritto sulle proprietà rivendicate dalle baronessine, ma purtroppo per lui, non poteva nemmeno perderle pubblicamente in un giudizio. La vecchia vicenda, tenuta in vita da Caterina e Olga che non si erano mai arrese, riportava Karamzin ai tempi bui nei quali si era fatta la sua fortuna. Adesso però restituire il maltolto alle legittime proprietarie non poteva; se l'avesse fatto, come esigevano le baronessine, Karamzin avrebbe visto riconosciuto davanti a tutti il misfatto del padre, che tanti anni prima si era appropriato con la forza di beni non suoi, approfittando della sua posizione di fattore, e del fatto che le baronessine, ancora in tenera età, fossero appena rimaste orfane dei genitori, in balia di un tutore infedele e corrotto, poi per fortuna rimosso dallo Zar. Una vera infamia; che se non aveva minimamente turbato i sonni di Karamzin padre, disturbava orribilmente Karamzin figlio, anche perché proprio da quelle prime terre, messe allora bene a frutto, era cominciata la sua prima fortuna.

Adesso per lui l'unica soluzione era pagare qualunque cifra pur di non far sapere a Pietroburgo e a Mosca che Nikolaj Aleksàndrovic Karamzin altro non era che il figlio di un ladro della peggiore risma.

È vero che nel 1913 a Pietroburgo non si faceva ormai più troppo caso agli oscuri passati dei milionari, purché nessuno di loro disturbasse le slitte in corsa sulla Neva ghiacciata e mantenesse un certo decoro, ma Karamzin aveva tanti nemici. Questi, tutti di costumi babilonesi e capaci di strozzare un infante in culla, ne avrebbero approfittato; si sarebbero immediatamente erti sul monte Sinai a brandire le tavole della Legge pur di vedere finalmente il loro rivale escluso dagli affari fiorenti della nascente Russia industriale.

Provai quindi a convincere le due vecchie dame con tutta la persuasione di cui ero capace a dimenticare il passato. Caterina e Olga mi ascoltarono senza interrompermi. Erano sedute una accanto all'altra, con gli stessi abiti di due sere prima e due grossi gatti grigi ai loro piedi, e benché fossero così diverse fra loro tenevano, nell'ascoltarmi, la stessa espressione immobile di sfingi. Cercai di toccare tutti gli argomenti più convincenti, compreso il denaro, misi in risalto l'animo nobile e generoso di Karamzin pronto a riparare l'errore del vecchio padre e mi inventai persino una promessa fatta sul letto di morte al genitore, anche lui pentito, ma purtroppo emerse che la questione era più difficile del previsto e andava a toccare ragioni più nascoste. Nondimeno le baronessine mi ascoltavano volentieri, ammirate dell'insolita simpatia dei loro gatti per i miei polpacci.

L'arrivo dei primi ospiti mi impedì di comprendere se le padrone di casa avrebbero mai potuto perdonare Karamzin perché quello sembrava il punto più dolente, il loro perdono. In tanti anni esse non avevano dimenticato quell'arricchimento avvenuto a spese di due bambine. Purtroppo per Karamzin non era economico il terreno di gioco sul quale si sarebbe deciso quell'affare.

Le tre sale dove si teneva il piccolo ricevimento si erano riempite del mondo di E****; erano persone che già avevo conosciuto a casa vostra ma qui l'atmosfera e lo spirito generale erano molto più rilassati e divertenti. Appresi subito con sollievo che Alessio Sponka non ci sarebbe stato perché non veniva mai invitato in casa Cerkassij per una sorta di scaramanzia. Le due sorelle sostenevano infatti che la prima cura per una donna anziana era di rifuggire i medici e che alla loro età, incontrarne uno, era comunque una perdita del loro tempo, diventato sempre più corto e prezioso.

Il professore di scienze naturali Golovin si era seduto al pianoforte e aveva convinto Anna Oblenskaja a cantare. L'attrice aveva scelto una romanza tedesca di amori lontani, lanciando lunghi sguardi sul piccolo pubblico di devoti, me compreso, che mi lasciavo trasportare dalla musica come mai mi era accaduto. Il crepuscolo, le luci delle candele, la voce dell'Oblenskaja mi procuravano una malinconia sconosciuta, alla quale mi abbandonavo; in fondo a lei ritrovavo i nostri ultimi abbracci fra le mura del vecchio castello e uno struggente desiderio di perdermi con te. «*Leise flehen meine Lieder, Durch die Nacht zu Dir, In den stillen Hain hernieder, Liebchen, komm, zu mir!*», cantava l'Oblenskaja. I versi li imparai allora e, come sai, non li ho dimenticati.

Dalle baronessine ero ricercato e benvoluto da tutti, Anna, bella e intelligente, capì presto che per questa volta ero io l'ospite per il quale tutti si erano dati la pena di scomodarsi da casa e sorbirsi il consommé delle baronessine. Ma non era il fatto che fossi un Tverskòj ad attirarli tutti, anche se questo sembrava essere il primo motivo; più sinceramente essi erano lì perché mi credevano il tuo amante e volevano saperne di più. Non avevano però ancora deciso che partito prendere, e come comportarsi a proposito di quel "fatto" increscioso, benché lo conoscessero non raro fra un uomo e una donna, vuoi per averlo provato di persona, vuoi per averne evitato il rischio, vuoi solo per averne sentito parlare; a metterli in serio impaccio era però soprattutto che quella "cosa" si fosse creata fra persone i cui modi di vivere erano molto distanti dai loro. La differenza d'ambiente e di classe li confondeva al punto da metterli onestamente nel dubbio che noi fossimo *davvero* amanti e non loro dei rustici malpensanti.

Ad accrescere l'incertezza e l'equivoco, si aggiungeva la stima che tutti avevano per Karamzin, un uomo accorto che sapeva bene come agire in ogni frangente e che quindi doveva aver scelto il meglio per sé anche questa volta, valutando bene chi fossi io e cosa potessi fare con sua moglie. D'altra parte io avevo i miei numeri e non ero un rivale disprezzabile. Perciò nell'atmosfera piccante che si viveva nel salotto Cerkassij tutti si dimostravano bendisposti verso di me. In fin dei conti mi erano riconoscenti, perché si doveva a me e alla nostra storia, vera o presunta, se la loro estate a E**** sarebbe stata meno noiosa del solito.

«Così siete stato investito del ruolo di *chaperon* di Hélèna Arkàdjevna», esordì Caterina Cerkassij, che da padrona di casa e sorella maggiore si prese l'onere di avviare la conversazione sulla strada che tutti desideravano. In quella provincia, dove i preti regnano sovrani e la Russia sembra ancora quella di Pietro il Grande, già si sapeva che la nostra prima uscita era stata al castello, la meta favorita dagli innamorati. Dovetti raccontar tutto, o quasi, ampliando di molto il ruolo di Juri e le osservazioni sulle vestigia di cui tu eri dottissima e affascinata. Non tutti sembravano credermi, e meno di tutti alcune signore ancora nell'età dove è tutto possibile, che tenevano i loro sguardi sopra la mia testa. La conversazione, con richieste di dettagli apparentemente innocui, mi inseguì anche in salotto dove il gruppo si era ricomposto.

«Trovo assai rischioso lasciare una moglie bella come Hélèna Arkàdjevna sola insieme a un uomo giovane e affascinante, non siete d'accordo professor Golovin?», diceva Caterina rivolgendosi al più eminente di quella sorta di commissione del bel vivere che sembrava essersi istituita per esaminare il nostro caso.

«Perché rischioso, baronessina? Evidentemente Karamzin non è geloso, e non lo è perché un simile sentimento offenderebbe tutti e tre, Hélèna Arkàdjevna per prima», rispose il professore di scienze naturali in tono semiserio.

«Quel che offende l'Arkàdjevna è ben altro che visitare un castello scortata da un bel giovane», aggiunse sorridendo Anna Oblenskaja, rivolgendosi al marito con uno sguardo che diceva: "Tu lo sai".

«Comunque sia, c'è sempre un decoro da preservare e la virtù di una moglie da difendere anche nelle apparenze», aggiunse altèra la moglie del farmacista, una bella signora alla quale lo sguardo di rimprovero che talvolta mi rivolgeva non donava affatto. Le seppur moderate mescite di vino servite alla tavola delle baronessine avevano liberato gli animi e il professor Golovin non aspettava altro che un'occasione per provocare proprio lei. «Cara signora, quello che dite vale a E**** perché siamo ancora primitivi», esordì col tono di chi pregusta l'effetto delle sciocchezze che ha intenzione di dire. «A Pietroburgo, dove il nostro principe», il principe ero io, «e sua Eccellenza Karamzin vivono, è invece di moda far sospettare in giro di essere cornuti». A queste parole sfuggì qualche "ooh!" di sdegno alle signore di prima e a qualche uomo un "eh, eh" che stava a dire "ah, i piaceri della città".

«Ci sono mariti», proseguì serissimo il professore, «che sono pronti a divorziare se la moglie non è capace di essere gradita a un altro uomo. E, se ci pensate bene, questi mariti si possono comprendere: che soddisfazione ci sarebbe a tenersi una donna ignorata da tutti? Si ha l'impressione di essere l'unico idiota caduto in una trappola facilmente evitabile e poco allettante. Non è vero, principe?».

Risposi che mai avrei smentito un professore di Pietroburgo, ma d'altro canto non potevo confermare per rispetto delle signore russe. Tutti mi approvarono.

«Grazie a Dio qui non siamo a Pietroburgo!», esclamò il farmacista, il quale invece non aveva gradito e guardava con occhio di rimprovero la moglie, che in quel momento, abbandonata la sua espressione severa, era diventata bella e lasciandosi coinvolgere dal buonumore generale aveva sorriso al colonnello Levin.

Diversi colpi di tosse riportarono l'ordine e quasi tutte le signore vollero esprimere con compunzione la loro disapprovazione per l'idea di Karamzin di mandare la moglie in giro sola con un giovane uomo; non trovavano però il modo di manifestare fino in fondo l'indignazione del proprio animo, preoccupate com'erano di svelare aspetti della loro indole non del tutto limpidi. Mi rimproveravano per aver accettato una simile proposta, ma poi temevano il mio giudizio e non volevano apparire agli occhi di un giovane di Pietroburgo campagnole troppo poco istruite e malevole. Se ne avessero avuto il coraggio, e Karamzin non fosse stato Karamzin, avrebbero definito il comportamento di Nikolaj Aleksàndrovic indecente e il mio quello di un libertino ma, poiché temevano di pronunciare quest'ultima parola più del diavolo, non ne facevano nulla e infine – bontà loro – ci assolvevano perché io ero giovane e tuo marito era potente.

«Non dovete credere al professor Golovin, lui ama scherzare. E i miei costumi di vita sono prossimi a quelli di un eremita», dissi per ingraziarmele; a quel tempo volevo ingraziarmi qualunque donna per quanto ottusa fosse.

«È vero, ho scherzato», disse a sorpresa Golovin, riportando la serenità fra quei cervellini turbati. Lo champagne fece un altro giro insieme a una gelatina rossa, si parlava di nulla. Ma il colonnello Levin e Anna Oblenskaja tramavano qualcosa. Caterina li guardava con un sorrisino.

«È ovvio», iniziò a dire il colonnello con timbro da tenore. «Karamzin non è geloso della moglie perché lui non ha mai dimenticato *l'altra*». L'anziano militare pronunciò *l'altra* guardando prima me e poi tutti gli altri con un'espressione che significava: "Ecco, l'ho detto, bisogna pure che questo poveretto lo sappia".

«C'è un'Altra?», mi lasciai sfuggire con evidente, eccessiva, curiosità.

«Sì, caro principe, c'è un'altra donna», spiegò benevolo il colonnello Levin. «Voi ed Hélèna Arkàdjevna non siete che un piccolo pettegolezzo estivo. La vera favola di E**** è l'*Altra*. Irina Lijubovna».

Il nome della donna mi riportò all'attimo in cui l'avevo vista sul viale del parco; la sua aria sicura e quel lampo di faina sfuggito al suo sguardo finalmente mi si spiegavano. Il colonnello Levin si incaricò di raccontarmi la vicenda, interrotto da diverse precisazioni che arrivavano un po' da tutti. Anche la cuoca venne convocata per riferire ancora una volta fatti noti a lei sola.

In quel consesso di benpensanti "l'opera buona di Karamzin" era descritta con ogni delicatezza e comprensione, solo Caterina e Olga tacevano concedendo ai loro ospiti il piacere di raccontare la bella favola. L'Oblenskaja sosteneva che Irina per Karamzin fosse piuttosto "un'ossessione", assicurando che tuo marito avesse a Pietroburgo altri interessi femminili, ma nessuno le dava credito: doveva essere a tutti i costi Irina, una ragazza del luogo, la favorita del potente Karamzin. Nessuno voleva rinunciare a questa gloria locale.

Tutto risaliva a molto tempo prima, quando Irina era poco più di una bambina e a E**** era considerata una straordinaria bellezza, mentre Nikolaj si avvicinava ai trent'anni, non era ancora il potente Karamzin ma già aveva raddoppiato quel che suo padre gli aveva lasciato. Dopo mesi di fidanzamento Nikolaj Aleksàndrovic, ambizioso com'era, si rese conto che la figlia di un mugnaio, incapace di leggere e scrivere correttamente, non andava bene per lui, e decise di rompere l'impegno.

«Stavano nel giardino», raccontò la cuoca, unica testimone del momento fatale, «e lei non disse nulla. Finì di ricamare le iniziali N.A.K. su un fazzoletto di bisso, glielo diede, rientrò in casa e chiuse la porta». La storia era finita. Ma nemmeno un anno dopo, Nikolaj Aleksàndrovic riprese a frequentare la casa dei Lijubovic. Ogni tanto tornava con la scusa di incontrare il padre per qualche affare, ma poi vedeva anche la figlia. Passarono diversi anni nei quali la ricchezza di Karamzin si moltiplicava e Irina si rassegnava a essere per Nikolaj quello che era. Anche i Lijubovic avevano accettato la situazione per i vantaggi che portava alla loro famiglia e nessun altro giovane si avvicinava ormai a Irina. Finché non comparve a E**** un giovane inglese, istitutore dei figli del conte Zilienskij, che – ignaro di tutto – si era messo a corteggiare la ragazza. Karamzin lo seppe e fece il diavolo a quattro. «Quello che accadde dopo lo sa solo Alessio Sponka, che è il cugino di Irina, e tiene bene il suo segreto», disse qualcuno. Ma in breve l'inglese abbandonò il campo in tutta fretta, e il conte Zilienskij fu costretto a cercare un altro istitutore. Qualche mese dopo, Irina dava alla luce Vassilij e disse che il padre del ragazzo era l'inglese ormai irreperibile. A questo punto Karamzin stupì tutta E**** dando prova di grande generosità: invece di lasciare Irina al suo destino, la difese contro tutto il paese, si prese cura del ragazzo e donò ai Lijubovic una forte somma perché nulla mancasse a madre e figlio. Un coro d'elogi per tuo marito si levò dai miei commensali integerrimi.

«C'è qualcosa che non approvo però», disse a un tratto Caterina, muovendo gli occhi grigi da gatto che mi risvegliarono dal torpore nel quale ero caduto. Tutti tacquero e le signore drizzarono le schiene prendendo l'aria delle figlie del prete. «Non approvo che un uomo possa essere generoso e gentile oltre il necessario verso una donna che ha sbagliato, e poi svilire la propria moglie davanti ai propri ospiti senza alcuna remora. Quello che ho visto e udito l'alta sera a casa Karamzin è stato disgustoso», disse con autorevole lentezza. Davanti ai miei occhi tornò l'immagine del bacio estorto e il rumore degli applausi e guardando la baronessa chinai il capo per approvare le sue parole.

Cadde il gelo, mai a E**** si era osato criticare così apertamente l'uomo dal quale dipendeva la prosperità di tutti. Il colonnello Levin provò a dire qualcosa ma il farmacista fu più rapido di lui e gli tolse la parola. «Siete troppo severa, baronessina», esordì. «Nessuno di noi», proseguì guardandosi intorno come in cerca di assenso, «ha udito nelle parole di sua Eccellenza la minima intenzione di avvilire Hélèna Arkàdjevna». Le signore assennate annuirono, e lui proseguì: «Ma noi capiamo il dispiacere di un uomo tanto ricco che non arriva ancora, passata la cinquantina, ad avere un erede». Il tema era sensibile e trovava compassione fra quell'uditorio. Il nostro si diffondeva sul tema, usava le parole con attenzione e persino buon gusto, sviando gli sguardi maschili maliziosi che incrociava, ma non riusciva a nascondere la punta di cattiveria che gli spiccava dal cuore quando accennava alla sterilità del vostro matrimonio, mentre lui aveva all'attivo, della sua pur modesta esistenza, ben sette eredi da sfamare.

Mentre ancora il mio padrone di casa parlava, Anna Oblenskaja ci lasciò preferendo la voce del pianoforte, seguita nella sala accanto dal marito, dal professor Golovin e da parte dell'intellettualità di E**** rappresentata da due studenti e un anziano musicista. Il gruppetto rimasto accanto alle baronessine diventò allora più esplicito contro tuo marito: si abbandonò ai suoi privati rancori verso l'uomo che da ragazzo aveva pulito le stalle, pescato i lucci, giocato in strada insieme a loro ma poi li aveva lasciati per diventare Karamzin.

«Il povero Nikolaj Aleksàndrovic ha sbagliato i suoi calcoli quando ha deciso di sposare Hélèna Arkàdjevna», diceva una delle signore con affettata condiscendenza. «Certo», aggiungeva un'altra con toni striduli, «non ha tenuto conto che alcune antiche e nobili famiglie di Pietroburgo, oltre a essere squattrinate hanno anche poco sangue in corpo». Alle parole "sangue" e "corpo", gli acuti avevano fatto strame delle mie orecchie.

«Quindi secondo voi Karamzin avrebbe fatto meglio a sposare una ragazza di qui, benché modesta e dagli orizzonti limitati come Irina?», disse Olga guardando la sorella. Le due erano giunte al momento massimo del loro divertimento che consisteva nel tirar fuori i rospi dagli stomaci di quella povera gente che, nel corso della sua vita, di rospi dovevano averne ingoiati tanti. E se per lo più riuscivano a tenere ben sotterrate le loro invidie, non sapevano però trattenersi dal riesumarle ogni volta che Caterina e Olga li provocavano. Era quella l'unica vera cattiveria delle due sorelle.

«Sì, baronessina, ve lo dico qui e posso ripeterlo a Karamzin, lui avrebbe dovuto, cioè sarebbe stato suo dovere, sposare

Irina Lijubovna», disse il farmacista spalleggiato da una parte dell'uditorio.

«Ciò che è accaduto a quella povera ragazza è stata solo colpa sua», disse uno dei più accalorati.

Non riuscii a trattenere una smorfia di compatimento. Presto non avrei più saputo nascondere l'insofferenza che man mano mi era andata montando verso quella gente ripulita in fretta, con le bocche sempre troppo aperte o troppo chiuse, i gesti rigidi nei quali soffocava entusiasmi grossolani, ma che si reputava capace di decidere il Bene e il Male. Gli uomini talvolta mi facevano ridere: dotati di una migliore cultura delle loro compagne si avventuravano in terreni inospitali per il loro eloquio, diventavano così facile preda dell'ironia del professor Golovin. Ma era una penosa soddisfazione che si era ormai esaurita da un po'. Soprattutto mi deludeva non la loro essenza di valligiani – quella era anzi la loro virtù – ma le poche idee che erano riusciti a costruirsi nella loro evoluzione verso l'agiatezza, e fra queste quella che governava su tutte: il denaro prima di ogni cosa.

«Balliamo?», mi disse Caterina alla quale non era sfuggita la mia smorfia, e che voleva scusarsi per aver permesso che i suoi ospiti mi annoiassero con una storia di provincia.

Il maggiordomo e i domestici avevano preparato la sala della musica, portando un grammofono e una pila di dischi. Si suonarono dei valzer. Mentre volteggiavamo con discreta abilità Caterina mi chiese con aria innocua: «Sapete tirare di pistola, principe?».

«Direi di sì», risposi perplesso. «Perché me lo chiedete?».

«Oh, così. Credo sia sempre utile per un giovane uomo in questi tempi moderni saper usare bene una pistola. Spero non vi affidiate ancora alla vostra spada».

«Vi è però nella spada un piacere che la pistola non dà», risposi assecondando quella bizzarra conversazione che sarebbe continuata per tutto il valzer.

Qualche giorno dopo, davanti alla porta di casa trovai un regalo. Era una scatola in legno di mandorlo sulla quale erano incisi i profili di due cervi che incrociavano le corna. Dentro c'erano due revolver fiammanti.

I calci di radica, sui quali era ripetuto il decoro delle teste di cervo e incise le mie iniziali, sembravano fatti apposta per le mie mani e il peso era il più conveniente per i miei polsi. Mai avevo avuto due armi così ben fatte e tanto adatte a me. Le due pistole erano accompagnate dal seguente biglietto:

Al caro Saša, nostro beniamino, che a 7 anni riuscì a colpire un'anatra in volo, perché non perda il suo talento e si eserciti ancora.

Firmato Caterina e Olga. Sorrisi. Esaminai il tamburo, provai il grilletto, sparai.

9

Per qualche tempo avevamo deciso, io avevo deciso, di non incontrarci, volevamo evitare il montare dei sospetti che a fatica speravo di essere riuscito ad acquietare in casa Cerkassij. Sviare i pettegoli non era per me il solo motivo di quella penitenza. La mia nascosta intelligenza voleva prevenire la noia che sempre punisce gli amanti solerti ma anche questa volta ero caduto in errore: privarmi di te esauriva le mie energie e prosciugava la mia volontà, ricadevo nello stato di sofferenza e irritabilità provati i primi giorni, ero prostrato e malinconico.

I giorni successivi si rivelarono subito inconcludenti. Fin dal mattino, spentasi l'effimera euforia procuratami dal caffè, la mente sbatteva senza voglia sulle numerose cose da fare che non facevo. Il mio lavoro di persuasione presso le baronessine Cerkassij non era ancora cominciato e tuo marito aveva contribuito ad aumentare la mia pena infliggendomi un altro compito. Questo consisteva nella *debellatio* formale dei Tverskòj; dovevo insomma far registrare in tutte le Russie il passaggio dei beni della mia famiglia nel patrimonio di Nikolaj Aleksàndrovic Karamzin, adempimento finora tralasciato perché considerato da tuo marito irrilevante. Un imperatore romano non avrebbe saputo inventare umiliazione peggiore per un vinto. Karamzin, bontà sua, me l'aveva inflitta con molta gentilezza, senza alludere troppo al passato; mi pagava generosamente offrendomi in più, per consolarmi, la compagnia di sua moglie. Di cosa lamentarmi? Non era colpa di Nikolaj Aleksàndrovic se mio nonno, César Tverskòj diceva che le macchine servono solo a rendere i *mujiki* più infelici e poveri, e noi più ricchi, crudeli e stupidi, e agendo di conseguenza mi aveva rovinato. Ero almeno stato più fortunato di altri, i cui bisnonni, prendendo di cambiare il mondo, si erano fatti odiare dallo Zar e avevano trascinato tutta la famiglia in Siberia.

In quei giorni, nei quali non combinavo nulla di buono, anche le mie velleità di romanziere trovarono fine. Dopo alcuni tentativi mi ero arreso: non riuscivo a trovare un inizio abbastanza divertente. Cominciavo anzi a disprezzare tutto il soggetto: in fondo non me ne importava proprio nulla di raccontare le vite operose e le misere ambizioni di un medico di campagna (che tra l'altro assomigliava troppo ad Alessio Sponka), di un impiegato di città e di un piccolo proprietario terriero. Che si consumassero pure l'anima sommando rublo a rublo; io avevo altro a cui pensare. C'era la vita da vivere e – scusa, lo so, sono noioso – la vita eri tu.

L'unico lavoro che mi dava un qualche piacere era strigliare il mio cavallo per poi liberarci tutti e due dalla nostra prigionia e andare fino ai boschi. Se la città non mi avesse già corrotto, sarei andato a unirmi ai falciatori di grano che all'alba partivano con metodo, disegnando nei campi linee dritte di giallo scuro. Invece girovagavo nei dintorni, correvo al galoppo fra l'erba alta che si perdeva in fuga verso il cielo, cercavo oltre gli steccati di legno, fra orti colorati, un'immagine di quiete che mi allontanasse da me stesso.

Una donna dalle candide, lunghe braccia spariva e riappariva fra le file di biancheria stesa al sole e sollevata dal vento. Il mio cuore prese a battere, sembravi tu. Stesse braccia, stessa figura, sapevo che non poteva essere, ma rimasi fermo dov'ero, abbastanza distante per permettere al miraggio di continuare a vivere nei miei occhi, lasciando alla luce e alla lontananza la magia dell'inganno che tanto amavo. La donna si accorse di me, si allontanò verso una casa, entrò. Non potevo seguirla.

A questo punto rimpiansi Pietroburgo e certi amici scellerati e invidiabili, che ora mi sarebbero tornati utili per distrarmi da te. Da te, da te, era impossibile non pensare a te. Non riuscivo ad aver altro per la testa.

Il mio cavallo finì per andare dove il suo padrone voleva essere, e mi ritrovai su una collinetta dove rimpiansi di non avere un binocolo per guardare meglio le tue finestre. Potevo però osservare bene la parte anteriore della villa.

All'ingresso principale tutto era immobile, ma dal retro si udiva del movimento. Mi spostai per guardare cosa accadeva da quella parte e riconobbi il calesse nero di Irina Lijubovna. Juri dava da mangiare al loro cavallo mentre venivano caricate alcune grosse scatole uscite dai Grandi Magazzini di Pietroburgo, un grammofono e una cassa di dischi che attirarono l'attenzione del ragazzo e del cocchiere. Si sentirono urletti e risate: due cameriere avevano rovesciato una scatola color crema, di quelle usate per contenere gli abiti delle signore, la scatola si era aperta e ne era uscito un vestito verde, di gran lusso, che le due ragazze guardavano e toccavano fingendo di voler risistemare l'involucro. Complimenti, pensai, Nikolaj Aleksàndrovic si preoccupa anche di fornire alla sfortunata Irina abiti che una duchessa non disdegnerebbe.

"E tu, che abito indossavi oggi?", il dubbio mi fulminò. Era mio dovere controllare e avere una risposta certa. Corsi verso la grande villa, e al diavolo tutto!

«Non annunciatemi, conosco la strada», dissi a Vaska allungando rapido il passo verso il salotto verde, come se fossi a casa mia. Ogni remora e attenzione era crollata, non avevo più freni, ma riprendevo a vivere. Il maggiordomo mi inseguì per aprirmi la porta.

Dalla grande finestra aperta entrava il sole di mezzogiorno e la leggera brezza che veniva dal bosco muoveva le tende e i bordi della tovaglietta del tavolino da tè. Dipingevi ed eri deliziosa, ricordo ancora il tuo vestito color crema, con dei pizzi bianchi che risaltavano attorno ai tuoi polsi sottili e sul tuo petto. Ho sempre adorato i pizzi, così fragili, laboriosi, complicati e perfetti come la matematica. Piccole cattedrali di fili, intrecciati da dita e da aghi, punti di codici segreti passati da madre a figlia. Quante volte mi sono dannato, dopo la Rivoluzione, per far capire che i pizzi non sono il risultato dello sfruttamento di fanciulle povere ma purissima arte d'abilità e intelligenza, che la creatrice stessa trae piacere per prima da quei punti contati, moltiplicati, divisi, inanellati, chiamati e ripresi in una magica rete pitagorica. Loro mi rispondevano che quel piacere era inutile per la Rivoluzione. «Anche giocare a scacchi è inutile per la Rivoluzione, compagno», ribattevo io. «Attento Stepán, tu rischi la testa. Che t'importa dei pizzi e delle merlettaie?». E come potevo io dire loro che in un giorno della Russia imperiale, mentre ti guardavo, Hélèna Arkàdjevna, avrei rischiato la vita proprio per i tuoi pizzi candidi, e per questo ero disposto a rischiarla ancora? Li ho difesi, in onore di quel giorno che li vidi così bianchi su di te da voler morire, e li ho convinti. È quindi anche merito tuo se dalle nostre scuole dell'arte popolare continuano a uscire pizzi della più pura bellezza, che nessun capitalista potrà avere per nessun prezzo.

La porta si chiuse alle mie spalle e io stavo per dirti qualcosa, ma non ne ebbi il tempo perché avevo già le tue braccia al mio collo.

Senza paura, incuranti di chi eravamo e della condotta che sarebbe stata più prudente, ci abbracciammo e baciammo in un modo che non avrei mai immaginato di poter conoscere in casa tua.

«Karamzin?», chiesi con l'ultimo grammo di prudenza che mi restava.

«È partito», ti ho sentito dire appena, e senza che me ne accorgessi le mie mani già slacciavano il tuo vestito. Un tuo trasalimento mi fermò, ma era il sussulto di chi è felice. Stavamo rischiando tutto, mettevamo la nostra vita in pericolo, ma nessuno dei due aveva più forze e volontà per resistere all'altro. Il pavimento ci sembrò morbido. E io non governavo più niente di me.

«Quando starai con me un'intera notte?», udii dire a qualcuno che aveva la mia voce. Eravamo sul tappeto. Mi accorsi del tuo gesto rapido nel riallacciarti la camicetta, nel ricoprirti le gambe. E poi mi accorsi con orrore che la porta era stata aperta. Ci vidi umiliati. Vergogna, e tanta pietà per noi mi confusero la mente. Provai disgusto di me che ci avevo ridotti a tanto.

«Non voglio più averti così», dissi.

«Una di queste notti verrò da te, te lo prometto», hai risposto piangendo.

Ma io non volevo che tu promettessi. Volevo fuggire con te lontano. Parigi, Parigi girava sempre di più nella mia testa mentre ci sistemavamo i vestiti e a una corretta distanza.

Tornati ai nostri posti consueti, tu giocavi con i tuoi capelli e io cercavo una soluzione che non trovavo. Riuscivo solo a immaginare di uscire con te da quella casa e andare via, ma per il momento mi accontentai di lasciare il salottino e di andare, offrendoti il braccio, verso il giardino. Speravo in una Rivoluzione che sovvertisse le regole, volevo una grande tempesta che ci travolgesse scaraventandoci in un altro mondo e in un'altra vita, rompendo per noi, con la furia del caso, legami e necessità, servitù morali e obblighi, lasciandoci soli e liberi. Mentre passeggiavamo ti raccontai del francese che temeva l'arrivo della Rivoluzione, e io ero convinto che questa prima o poi sarebbe arrivata. «Perché attendere la Rivoluzione, quando potremmo fuggire a Parigi anche noi, subito?», hai detto senza intenzione.

Io ti presi sul serio. Già, perché aspettare? A Parigi avrei parato i conti col destino, lì il nostro passato non sarebbe interessato a nessuno, saremmo stati noi due soli, senza più alcun dovere e tutta la vita da vivere. Eravamo giovani, eravamo forti, ed ero sicuro, avremmo vinto. Nella mia fantasia immaginavo di cambiare il mio nome, mentre il tuo sarebbe rimasto sempre Hélèna. Solo per una che si chiama Hélèna si può scatenare una tale guerra contro il mondo. Ecco, non distogliete gli amanti che sognano, perché più dei baci e delle tenerezze, più del piacere e dell'abbandono sono i sogni sognati insieme a fare felici gli amanti. E non distogliete neppure il vecchio che ormai sono, perché di quei sogni riesco ancora a sentire il profumo e la gioia.

Credo fu proprio da quel giorno che cominciai a pensare con metodo al modo per raggiungere insieme la Francia e vivere lì. Adesso i soldi che tuo marito mi aveva promesso per la causa Cerkassij diventavano indispensabili. A Pietroburgo iniziai a farmi vivo con alcuni uffici commerciali di società francesi che operavano in Russia con cui il nostro studio aveva diversi rapporti, mi ricevettero con favore.

Vivemmo giorni felici; tu eri bella come non eri mai stata, e in me si era prodotto un inatteso cambiamento. Guardarti mi bastava per sentirmi totalmente appagato: ero diventato casto e ti amavo di un amore puro e vivissimo. Il mondo intero mi appariva orchestrato per il nosro amore e ci era amico. Tu ridevi di un riso chiaro che si confondeva con i rumori del bosco e l'acqua del torrente, la sua eco di cristallo non mi ha mai abbandonato nel silenzio della vita di dopo e più di una volta, nei momenti più bui, mi ha impedito di morire.

Persino Karamzin mi era sopportabile. Si comportava con me come fossi un ospite familiare, o forse come un famiglio, ma su quel discrimine ero solo io a poter giudicare e ora a me non interessava più scoprirlo. Incontrandomi lui si dimostrava sempre molto più interessato ai risultati del mio lavoro che alle nostre passeggiate, di cui domandava appena e per pura cortesia. Spesso, invece, si recava a casa dei Lijubovic con il paravento di piccoli affari di cui continuava a incaricare il padre di Irina. Altre volte andava e tornava da Pietroburgo portando con sé il figlio di lei, per fargli conoscere – diceva – la grande città.

«Mi sto affezionando a questo ragazzo», si lasciò sfuggire davanti a me il giorno che colsi un suo gesto affettuoso verso il giovane che doveva avergli mostrato qualche prodezza scolastica. «Lo sapete, Stepán Dmitrievič, credo ve lo abbiano detto. Tanto tempo fa, sua madre e io eravamo fidanzati. Ora è acqua passata, ma sono rimasto amico con tutta la famiglia, sono brava gente», aggiunse dopo aver fatto allontanare Vassilij con una scusa. Io dissi qualcosa di favorevole verso il ragazzo che Karamzin apprezzò.

10

Le mie visite a Caterina e Olga Cerkassij avevano preso una cadenza quasi regolare. Le due anziane signore volevano, per via di complicati legami di parentela, essere chiamate "zie". Io le assecondavo mentre peroravo la causa di Karamzin. Loro fingevano di lasciarsi convincere, ma poi preferivano parlare di come si stava meglio ai tempi di Alessandro I.

«Speriamo, caro Stepán, che il nostro regalo non vi sia dispiaciuto...», dissero una sera che eravamo finiti a parlare della morte del grande poeta Puškin, ucciso in un duello alla pistola.

«Al contrario, ho molto apprezzato. Splendidi revolver, ma posso chiedervi, care zie, come mai vi stia tanto a cuore sapermi armato?».

Le due sorelle si guardarono.

«Non fingete di non aver capito, non è da voi», disse Caterina.

«Non sono tipo da duelli, se è questo che temete. E per cacciare le anatre uso il fucile», dissi.

«Tutto suo nonno», esclamò Olga. Le due signorine avevano l'età per apprezzare il viso impudente di un giovanotto compiaciuto di sé, senza pensare minimamente a correggerlo.

«Sapete bene di non essere nell'Europa che tanto ammirate», attaccò Caterina con l'aria di chi usa per intero la sua santa pazienza. «Tutti i signori di Pietroburgo e di Mosca che si fingono parigini e che voi frequentate insieme alle loro mogli, sanno perfettamente di non essere a Parigi, dove forse voi, ci dicono, vorreste andare a vivere. Ecco, abbiamo solo voluto ricordarvi che voi vivete ancora in Russia».

«Non ho mai dimenticato di essere in Russia», dissi colpito dai loro riferimenti alla mia intenzione di andarmene in Francia come se fossero a conoscenza dei miei ultimi movimenti.

«E allora sapete che non dovreste frequentare Hélèna Arkàdjevna come voi la frequentate, senza portare con voi una pistola, meglio due», disse Olga.

Incassai il colpo di quel "come voi la frequentate" e nascosi il mio imbarazzo fingendo di non capire.

«Se siete devoto a Hélèna come avete già dimostrato, dovreste capire l'utilità delle due pistole», insistette Caterina. «Comunque essere un gentiluomo non vi impedisce di esaminare il caso. Concediamoci questo esercizio del tutto ipotetico».

«Se è un esercizio, esercitiamoci pure, ma vi avverto che vi stancherete subito».

«Allora immaginiamo che sia vero quello che tutti sono messi nel diritto di immaginare, viste le apparenze», disse Caterina.

«Apparenze che lo stesso Karamzin ha contribuito a creare», precisò Olga.

«E va bene», dissi risoluto. «Diamo il caso che io abbia approfittato della posizione di vantaggio in cui Karamzin mi ha messo. Ebbene, poiché è stato lui a creare apparenze e vantaggi, conosce perfettamente la posizione in cui Hélèna Arkàdjevna si trova; tuttavia ha deciso di non darvi alcun conto per ragioni che possono essere diverse, note o ignote, prevedibili o meno, ma una cosa è certa: Karamzin sa sempre perfettamente quello che fa e cosa vuole. Quindi anche adesso lui sa di quale vantaggio io possa godere, e non può non tenerne conto».

«È proprio quello che cerchiamo di dirvi. Karamzin sa cosa fa e cosa vuole, ma voi non potete che ammettere di non sapere cosa vuole davvero Karamzin, a parte quello che lui stesso vuole farvi credere».

«Ammetto di non essermi mai interessato a cosa voglia davvero Karamzin, e di essermi limitato a eseguire degli ordini, ma perché dovrei preoccuparmi di lui, tanto più che ciò che mi ha chiesto non mi dispiace?».

«Non di lui dovete preoccuparvi. Ma di lei, se lei vi è cara. Un giovanotto dei miei tempi avrebbe già capito tutto da un pezzo», disse Olga.

Divenni attento.

«Spero voi concordiate che da come Karamzin ha allestito la scena di cui tutta E**** parla, la reputazione di Hélèna Arkàdjevna in questo teatro dipende solo dal giudizio, dalla volontà, persino dagli umori di suo marito».

Restai in silenzio. Per la prima volta mi trovavo a considerare questo aspetto: e non mi soccorreva in quel momento l'elenco delle signore di Pietroburgo che avevano un amante ufficiale, definito il loro "adoratore". Noi eravamo andati più in là. Io ero andato più in là, e se Karamzin voleva questo, cioè metterti in una condizione che non ti rendeva più degna del tuo stato, ci era riuscito. Doveva solo scegliere il momento per far scattare la trappola dell'onore offeso. Ci volevano due baronesse di campagna perché ci pensassi.

Tuttavia mi sembrava si esagerasse, Karamzin non aveva fantasia e non leggeva romanzi che sopperissero a quel difetto.

«Quindi, care zie, credete che la mia vita e quella di Hélèna siano così in pericolo da fornirmi due revolver per difenderci».

«La vostra, forse è in pericolo. Quella di Hélèna certamente», disse Caterina.

Il gelo mi avvolse. Secondo le baronessine, Karamzin poteva spingersi fino ad allestire, e con la mia complicità, la scena del tipico delitto, spesso senza pena, per il quale, grazie alle facili assoluzioni dei nostri tribunali, un marito può liberarsi definitivamente di una moglie senza troppi inconvenienti se non, eventualmente, più tardi, il rimorso. Un'idea macabra che cercai di respingere.

«È vero che siamo in Russia, ma siamo sempre nel Ventesimo secolo. Se Karamzin oggi volesse davvero liberarsi di Hélèna, non si darebbe mai la pena e le conseguenze di un delitto, quando con un divorzio può risolvere la questione in modo, direi, elegante. Ma poi perché dovrebbe voler divorziare da Hélèna? È sempre una Vjazemskij e voi sapete quanto questo conti a Pietroburgo. Perdonatemi zie, ma voi sragionate…».

«Può darsi, che volete, siamo due vecchie ormai», disse Olga accarezzando uno dei suoi due magnifici gatti grigi che le si era accoccolato in grembo, mentre l'altro mi osservava dal divano accanto.

«Non sragioniamo affatto!», disse Caterina con tono d'imperio. «E voi siete un giovane presuntuoso. A sette anni siete stato bravissimo a colpire quell'anatra, ma poi quando il cane ve l'ha riportata e avete capito che non avrebbe volato più, avete pianto per due giorni come una bimbetta».

«Caterina, ti prego, aveva solo sette anni!».

«E adesso è un uomo che non sa ancora prevedere e valutare le conseguenze delle sue azioni. Concedo solo che nessuno può conoscere totalmente l'animo dell'altro e neanche noi sappiamo esattamente cosa giri nella testa di Karamzin, ma dovrete ammettere – perché lo sapete meglio di me – che questo strumento "elegante" per risolvere la "questione", il vostro "divorzio" insomma, non piace affatto allo Zar».

L'enfasi severa con cui Nicola II era stato chiamato in causa, suscitò l'irriverente ilarità del giovane di Pietroburgo abituato a flirtare con vaghe idealità sovversive.

«Permettetemi di ridere, care "zie", ma voi non conoscete Nikolaj Aleksàndrovic Karamzin. Pensate davvero che badi a quel che pensa lo Zar sui divorzi?».

«Se l'ambizioso Karamzin vuole rendersi gradito, non solo allo Zar, ma anche alla Zarina e a tutto il circolo irreprensibile che gli sta attorno, deve tenerne conto».

«Mi spiace deludervi, ma Karamzin non è il tipo da darsi la pena di rendersi gradito ad Alexandra Fëdorovna. Bisogna riconoscergli l'onore di un'irreprensibile coerenza con sé stesso, Nikolaj Aleksàndrovic si scomoda solo per ciò che rende, e oggi – scusate se ve lo dico – inchinarsi davanti ai Romanov non rende molto. Quel che desidera, Karamzin lo ha ottenuto da un pezzo. Da poco ha avuto un'altra concessione mineraria; per gli altri affari che lo interessano bastano i ministri, e questi li ha già tutti in tasca da tempo. Si preoccupa solo quando un anarchico ne assassina uno, perché allora deve ricominciare da capo. Non vorrei deludervi baronesse, ma più di una volta Karamzin ha lasciato trapelare un certo disprezzo per la corte, e persino per il carattere dello Zar; quanto alla cerchia di irreprensibili, per le vostre sante orecchie, meglio che non ve ne parli. Se Karamzin non si ritenesse superiore a tutti, e non fosse Karamzin, talvolta da come parla lo si direbbe un bolscevico. E per fortuna di Nicola II, lui non lo è. È piuttosto il fulgido rappresentante della nuova borghesia europea che da qualche decennio ha fretta di sotterrare tutto ciò che non produce velocemente denaro, Romanov compresi».

«Quindi è uguale ai bolscevichi, solo diversamente...», disse Olga distratta.

«Forse lo era, mia cara. Adesso è certamente cambiato. Posso assicurarvi caro Stepán», disse Caterina, «che ora Karamzin i Romanov li vuole saldamente sopra la terra. Non ci crederete ma auguste voci, che dal Palazzo d'Inverno riescono ad arrivare persino a E****, ci dicono che il vostro campione è già qualche tempo che aspira ad entrare nella cerchia della nobiltà, e ora traffica per ricevere, in virtù dei numerosi servizi resi alla Russia arricchendosi, il titolo di conte. Incredibile, vero?».

Ammetto che ne fui stupito. Caterina e Olga si godettero l'effetto ottenuto su di me coccolando i gatti che mi guardavano facendo le fusa.

«Se Karamzin vuole quel titolo», proseguì Olga mentre Caterina salvava la tazzina di porcellana pericolosamente sospesa nelle mie mani «gli serve l'approvazione dello Zar, per ottenere la quale sono necessari una vita e un passato specchiati».

«E una moglie al di sopra di ogni maldicenza», dissi riprendendo il controllo di me stesso e la tazzina da tè. «Quindi», proseguii sollevato, «Karamzin in questo momento vorrà la reputazione di Hélèna incontestabile. Cosa che per sua fortuna è», aggiunsi. «Io continuo a non vedere l'utilità delle vostre pregevoli pistole se non quella di farmi ammazzare il tempo».

Caterina però non la vedeva così.

«Vi prego di seguirmi», proseguì, «se Karamzin una volta divenuto conte avesse anche premura di sciogliere un legame che gliene impedisce un altro, non avrebbe che due strade. La prima sarebbe il solo divorzio accettabile per l'Imperatore, cioè un divorzio per colpa evidente di Hélèna con il suo conseguente ripudio, strada lunga e piena di insidie che impone delle prove, un processo pubblico, con tutto quello che consegue in fatto di prestigio mondano. La seconda via è quella che temiamo, e potete capire da solo quale delle due è la più rapida e conveniente per Karamzin, che a sette anni colpiva i beccaccini con la fionda e poi li finiva tirandogli il collo».

«Ma sarebbe un duplice omicidio!», dissi esterrefatto e quasi ridendo per tutte le fantasie messe in fila dalle mie "zie".

«Sì, l'omicidio di un giovane avvocato che frequenta ambienti sospetti di sedizione e di una giovane donna chiacchierata, figlia di un vecchio pazzo che lo Zar mal sopporta a corte. Mi spiace dirvelo, Saša, ma Karamzin potrebbe persino evitare la punizione più lieve».

Il mio ginocchio aveva cominciato a muoversi su e giù come se avesse a che fare con i pedali di un arcolaio.

«Avete un'aria così turbata, figliolo. Non dico che non vi doni…». Olga mi risvegliò dai miei cupi pensieri.

«Non sono affatto turbato», reagii, «tutto il vostro discorso manca del fondamento principale che impedisce a Karamzin di intraprendere una qualunque delle due vie», attaccai riprendendo il filo di quella conversazione alla quale mi pentivo di essermi prestato.

«E sarebbe?», dissero quasi in coro, incuriosite.

«Ma è evidente: manca il tradimento di Hélèna che non c'è e non può esserci».

«In effetti», mi concessero, guardandomi intenerite.

«Quindi se Karamzin ha pensato di allestire tutto questo teatro per sposare la Lijubova – perché sarebbe questa signora di campagna, vero, l'incredibile causa dei vostri timori? – ha scelto la strada sbagliata».

«Va bene, va bene. Avete ragione», tagliò corto Olga. «Siamo due anziane signorine, un po' pazze e forse a Molière preferiamo Racine. Ma non sottovalutate Irina Lijubova, non sarà una Vjazemskij e nemmeno una delle vostre principessine di Pietroburgo che Karamzin può comprare alla dozzina, ma ha un valore: il suo Vassilij ha gli occhi azzurri come quelli di Karamzin. Perciò non disprezzate il nostro piccolo regalo caro Saša, vostra nonna avrebbe fatto lo stesso».

«Caterina, cosa dici?! La cara Maša avrebbe assolutamente vietato a suo nipote di frequentare Hélèna Arkàdjevna in modo tanto assiduo e non ci sarebbe stato bisogno di pistole», disse Olga.

Tornando a casa la figura di Karamzin mi passeggiava per la mente. Il muso del mio cavallo fendeva la nebbia umida, sotto una luna velata la cui luce rada non riusciva a compensare le economie fatte dal municipio sul petrolio delle lanterne. L'oscurità celava i volti delle ombre che incrociavo, risposi a un paio di saluti di ignoti. Sulla "grande Prospettiva" vuota di anime vive, l'atmosfera era da racconto di spettri, il mondo arcaico delle baronessine aveva acceso la mia fantasia e non nego che ora ripensavo ai miei revolver in un modo diverso.

Per fortuna, più mi allontanavo dalla loro casa più tutto quel che ci eravamo detti veniva ridimensionato dalla mia ragione, e di certo quelle fantasie erano figlie di un antico odio che la nostra trattativa sulle proprietà usurpate aveva risvegliato nelle mie "zie". La verità, mi dissi vicino al mio cancello, era molto più comune e prevedibile, e se mai tu e io rischiavamo qualcosa, era di renderci ridicoli come qualunque altra coppia clandestina di Pietroburgo che venga scoperta dal terzo incomodo.

"Le Cerkassij hanno voluto divertirsi con me e lo stanno facendo pure con Karamzin. Ora, con questa storia del titolo comitale, lo terranno al guinzaglio come un cagnolino", pensai una volta arrivato. "Scommetto che vogliono alzare ancora il prezzo della proprietà, mi toccherà faticare ancora un po'", mi dissi lasciando che il cavallo raggiungesse da solo la stalla.

Entrato in casa, sul *trumeau* era sistemata la scatola di legno aperta da dove spiccavano sulla fodera di velluto rosso i due revolver. Li impugnai, osservai ancora una volta le teste di cervo con le corna incrociate scolpite sui calci: erano pistole eccellenti, io un discreto tiratore, ci attraevamo a vicenda. Nel rimirarle, non potevo smettere di pensare alle due anziane signore; detestavano Karamzin, era evidente, probabilmente la proprietà usurpata era solo una piccola parte del loro odio verso un uomo che stava distruggendo il loro mondo e vinceva. Ma quella sera avevano esagerato; per rozzo e bestiale che fosse, e non lo era, Karamzin non avrebbe mai ordito un misfatto per cambiare moglie. E poi che cambio! La sola idea di Irina e del figlio con gli occhi azzurri non stava in piedi. La favola di E**** avrebbe continuato a deliziare le chiacchiere del borgo e Karamzin senza danni per noi.

Riposi le due pistole; affondate nella fodera rossa sembravano antiche pur essendo fra i modelli più moderni. Rimandavo la chiusura della scatola, mi erano diventate care, qualcosa di loro mi diceva che la mia vita si stava legando a loro. Più volte infatti mi avrebbero salvato, e ogni volta avrei ringraziato le "zie" Cerkassij ed E****, con i suoi pomeriggi monotoni nei quali imparai quanto è importante centrare un bersaglio con precisione e velocità.

11

Il pomeriggio dopo, mentre mi allenavo sparando a dei pezzi di tronco allineati su un vecchio tavolo, si presentò da me la tua cameriera. La poverina aveva varcato il limitare del cancello con la circospezione della brava ragazza che non vuole essere vista in un luogo inappropriato al suo decoro. Mi consegnò un tuo biglietto dove mi chiedevi di ascoltare quel che lei mi avrebbe detto.

Dopo aver protestato la sua devozione per te, per qualcosa di buono che tu le avevi fatto un tempo, la ragazza mi disse che poteva esserle facile farmi entrare di nascosto nel "palazzo" (così veniva definita la vostra villa) e condurmi alla tua camera. Di notte, mi spiegò, la casa era sempre deserta, al primo piano dove erano le tue stanze restava solo lei. Facendo un po' d'attenzione e passando per una scala e un corridoio di servizio poteva facilmente condurmi di nascosto da te. «Sua Eccellenza è appena partito per Sebastopoli, il viaggio è lungo diversi giorni», disse arrossendo: la ragazza aveva sentito di essersi avvicinata al fuoco del peccato, ma l'imbarazzo le veniva non tanto da ciò che aveva capito quanto dalla consapevolezza di non essere stata capace di nascondere d'aver capito. Quindi abbozzò una specie di inchino e fuggì.

Poche ore dopo, calata la notte, correvo nel buio verso le torri bianche, illuminate dalla Luna, ora non mi apparivano più un orpello grottesco, ma i fari di un'isola beata. Tu, mia divina signora, se non avevi avuto il coraggio di raggiungermi per una notte intera volevi offrirmi il gusto di un'avventura degna di un cavaliere del Cinquecento.

Oggi il nostro secolo ha a disposizione espedienti più comodi per gli amori segreti e forse anche per questo le passioni del Novecento durano poco e si dimenticano in fretta, mentre io mi vedo ancora correre fra le ombre della doppia fila di tigli sotto quel cielo stellato che se fossi un pittore sarei capace di riprodurre con assoluta esattezza.

Giunto alla meta, trovai la ragazza al punto indicato. Mi condusse attraverso piccole scale e corridoi stretti fino alla tua camera. Aprì la porta e svanì alle mie spalle. Tu eri in piedi davanti alla finestra, avvolta da una vestaglia. Hai staccato i tuoi occhi dalle ombre del giardino e li hai rivolti a me: brillavano della mia stessa gioia. Ci chiudemmo a chiave.

Dissi qualcosa, chiudesti gli occhi. Eri in quei momenti in cui la tua bellezza si faceva regale e fragile, sfida e supplica trapariva dallo stesso incanto.

Dopo ti sei accorta dei due revolver che avevo messo per terra vicini a noi, ti sei messa a ridere piano mostrandomi che anche tu avevi nascosto un pugnale sotto le frange del tappeto. Davanti a quella armeria siamo scoppiati in un riso irrefrenabile.

Passarono i minuti, abbracciati nel silenzio ascoltavamo il suono del vento fra le finestre mentre la luna disegnava le nostre ombre sui muri. Eravamo due uccelli magnifici posati su un nido fra le rocce. La tua stanza non mi pareva più così lugubre come mi era sembrata la prima volta, anzi dai vecchi mobili scuri emanava il senso di forza e di speranza che viene da tutto ciò che è riuscito ad attraversare i secoli.

«Noi ci salveremo», dissi.

Ti guardai, il tuo viso era pallido.

«Sono perduta Stepán. Tu sei in ogni mio pensiero, sei nel mio corpo, ti sento fin nelle ossa. Quando sarò morta, il mio scheletro continuerà a pensare a te», hai detto disperata lasciando le braccia abbandonate lungo il corpo.

La vestaglia era slacciata, ed era poca cosa sopra di te. Tremavi, ora capivo cosa ti avevo fatto. Avevo vinto: eri consumata da una febbre per un male senza rimedio. Io ero la febbre e il male, ma questo adesso non lo sopportavo. Non sopportavo che il tuo amore per me fosse la tua disperazione, la tua passione, una condanna da sopportare. Così non riuscivo più a toccarti.

«Vuoi che ti liberi di me? Vuoi che ti restituisca la pace di prima?», ero pronto a qualunque sacrificio.

«Io non riesco a volere più nulla, se non quello che tu vuoi».

"E io? Cosa voglio, io?" mi chiesi. «Io voglio», dissi senza mentire, «voglio consumarti, e farò in modo che la febbre che ti ho dato non ti dia mai tregua, ma ti prometto che non ti sperpererò, sarò avveduto e accorto, perché voglio che tu duri a lungo, più di me stesso, per tutta la vita».

Piangevi mentre i colori tornavano sulle tue guance. Promisi a me stesso di portarti via a tutti i costi e te lo dissi quella notte: saremmo scappati a Parigi, stavo preparando tutto.

Non so se la felicità che gli Dèi mi concessero nell'estate del 1913 sia stata solo crudeltà per rendere i rimpianti più cocenti, o pietà per ripagare in anticipo i dolori del futuro. A noi umani non importa sapere questo, ciò che conta è che conobbi l'aria pura di quella notte e l'euforia dell'alba. E Loro in cielo mi hanno invidiato.

Altre notti come quella seguirono. Di giorno, nelle nostre passeggiate, il giovane Juri ora non ci scortava più, ma spesso lo incrociavamo a dorso di un cavallo fulvo, sua unica proprietà. Cosa facesse tutto il giorno per i campi, sempre solo, armato di un vecchio fucile e di una grossa fionda accompagnato da due cani randagi che lo avevano eletto a loro padrone, non importava a nessuno. A volte spuntava all'improvviso da un bosco di betulle, ci salutava e tirava dritto; a volte tu lo fermavi e gli chiedevi se aveva fatto buona caccia, quante volpi aveva visto, ti informavi su questo e su quello, se era nato qualche bambino nei villaggi attorno.

Mi piaceva vederti parlare con Juri ed ero incantato. Mi ricordavi mia madre, anni prima, quando si informava dai *mujiki* di ciò che accadeva in quelle stesse campagne. Invidiavo il ragazzino, malvestito, selvaggio ma infinitamente più libero di me. Qualcosa mi diceva che, se avesse potuto, ti avrebbe portata nei suoi boschi, per te avrebbe costruito un castello fra i rami e lì saresti stata felice. Io non avevo castelli sui rami da offrirti e il mio prestigio non era tale da metterti al sicuro dai malpensanti quando avresti lasciato la casa di tuo marito per vivere con me. In quel momento – adesso me ne rendevo conto nel modo più completo – saresti stata sola, in una posizione difficile, senza altri sostegni a parte me. Perciò se volevamo essere davvero felici, abbandonare la Russia era una necessità. Se fossimo rimasti a Pietroburgo il nostro futuro era segnato; anche se Karamzin ti avesse concesso il divorzio, saremmo caduti in disgrazia e nei loro salotti non ci avrebbero più concesso di sedere nemmeno su due sedie impagliate; al più, gli originali ci avrebbero invitato a quelle cene ristrette dove ci si mischia col bilancino per farsi la fama di persone aperte alle novità. Non c'era che Parigi per noi.

Dai primi di luglio cominciò il mio andirivieni fra E**** e Pietroburgo per mettere a punto il nostro piano. Cercai di sfruttare la fama che mi ero fatto negli uffici commerciali di alcune società olandesi e tedesche in affari con la Francia. Pur di vivere a Parigi, sarei stato disposto anche a far da segretario a chiunque avesse avuto bisogno di un uomo che conoscesse il francese e il russo. E una volta a Parigi, con tutta l'Europa e gli Urali a dividerci, avremmo scritto a Karamzin per chiedere il divorzio.

Una notte che eravamo abbracciati il rumore delle ruote di una carrozza interruppe il canto dei grilli. Era Karamzin che ritornava prima del tempo.

«Non preoccuparti. Sarà stanco, vorrà dormire», mi hai detto perfettamente calma.

C'era tempo prima dell'alba, ci siamo stretti ancora. Il silenzio tornò nella casa insieme ai nostri baci, ma dopo poco la porta fu scossa da dei colpi secchi.

«Aprite! Perché vi siete chiusa?».

Era lui. Non ebbi il tempo di pensare a nulla. Mentre tu rispondevi fingendo una voce assonnata, io riuscii a nascondermi sotto il letto e tu a rimetterti la camicia.

«Perché vi siete chiusa?», ripeté entrando con la voce strozzata dalla rabbia. «Sapete che voglio che la vostra camera resti sempre aperta». Vidi i suoi piedi andare in giro per la stanza.

Disteso sotto il letto fremevo di impotenza. Le due pistole erano rimaste dentro al cassetto del comodino, e non avevo che il tuo pugnale sotto al tappeto per difenderci.

«Quando non siete in casa, ho paura e chiudo la mia camera», hai detto con freddezza. Passò qualche secondo di silenzio, Karamzin si fermò vicino alla finestra, solo il timore di rendersi ridicolo gli impediva di guardare sotto al letto. «Ma voi, amico mio, perché mi avete svegliata nel cuore della notte? Avete qualche affanno? Restate, vi prego», hai detto poco dopo con la forza d'animo di una Giuditta.

L'invito a restare lo rassicurò e lo ammansì. Tu intanto, con la scusa di guardarti nello specchio della toeletta ti eri spostata dall'altro lato della camera dove c'erano due poltrone, Karamzin ti seguì allontanandosi dal letto dove ero io. La manovra ebbe successo ma, più calmo, lui ti prese fra le braccia iniziando a baciarti. Mai mi sono sentito più umiliato nella mia vita. Di quegli abbracci vedevo solo la tua mano che si stringeva a pugno senza poter colpire.

Mi ero deciso a uscire da sotto il letto e gettarmi su di lui quando Karamzin ti lasciò.

«Nessun affanno cara, anzi… una buona notizia».

La notizia era tale che richiedeva un certo distacco per essere comunicata in tutta la sua solennità. Tuo marito ti invitò a sederti su una delle poltroncine e lui si sedette sull'altra.

In quei giorni, raccontò, non era stato a Sebastopoli, come aveva fatto credere a tutti, ma a Livadija, la cittadina dove lo Zar passava l'estate con la sua famiglia. Lì aveva finalmente avuto la conferma di ciò che attendeva da tempo, a breve gli sarebbe stato conferito il titolo di conte per i servizi speciali resi alla Russia. Le baronessine Cerkassij erano state dunque bene informate. «Finalmente questi mamelucchi si sono decisi ad ammettere che una linea ferroviaria vale più di una battaglia vinta», disse. Essere stato ricevuto a Livadija non gli aveva fatto perdere il suo disprezzo per la vecchia aristocrazia russa che desiderava sempre prendere a calci. L'investitura sarebbe avvenuta a dicembre durante una solenne cerimonia. Trasvolò rapidamente su come fosse riuscito nell'impresa, incerta fino all'ultimo. «La zarina ha espresso il desiderio di conoscervi prima di dicembre, Hélèna Arkàdjevna. A corte sarete fra le più ammirate», diceva avvicinando le sue gambe alle tue. Quindi si abbandonò a illustrare la vita che vi aspettava. Aveva conquistato quel titolo anche per te, diceva. «Le vostre amiche di un tempo vi invidieranno e se mi darete un figlio questo sarà conte», aggiunse. Alla parola "figlio" la voce di Karamzin aveva vibrato in modo diverso. Dopo qualche secondo di silenzio lui andò verso la porta, tu l'hai seguito. Alla porta riprese a baciarti. Tu l'hai respinto con una scusa comune. «Questa notte, Hélèna, e non la dimenticherei mai», provò a insistere. Tu lo hai allontanato dicendogli qualcosa che non capii, ma ho sentito bene la parola "domani". Karamzin si arrese, era stanco.

Appena lui uscì dalla stanza, il tuo pensiero era di farmi lasciare il palazzo al sicuro. Mentre riprendevo le due pistole e obbedivo meccanicamente a quello che mi dicevi, non smettevo di pensare a cosa sarebbe accaduto "domani". Benché adesso temessi che il titolo di conte potesse cambiare tutto fra noi, almeno avevo avuto la prova che le baronessine Cerkassij per fortuna si sbagliavano sulle intenzioni coniugali di tuo marito e sul suo desiderio di liberarsi di te.

Saltai giù dal tuo balcone, scendendo velocemente dai rami del fico che ormai facevo ad occhi chiusi, ma l'ultimo si spezzò. Tu trattenesti un grido. Piombato a terra mi rialzai subito, mentre venivo raggiunto da Ulisse e Drago richiamati dal rumore delle foglie. I due grossi cani erano sul punto di saltarmi addosso, e io di sparare svegliando tutti, quando le belve si ammansirono d'incanto: avevo ancora addosso il tuo profumo che esse riconoscevano mentre tu gli sorridevi dal balcone. Mai amicizia fra uomo e cane venne fatta più velocemente e con maggiore soddisfazione per l'uomo.

Insieme ai due bestioni mi allontanai a passi veloci verso una siepe e lì mi nascosi aspettando che tornasse il silenzio. Una luce si era accesa da una delle stanze dei piani alti, dove la vista era, per mia sfortuna, la migliore. Da lì si affacciò un uomo con un fucile in mano, mi vide. Scappai sapendo di essere alla sua portata, ma confidavo nel buio e nei cani che avrebbero fatto confusione.

In breve fui fuori tiro, raggiunsi il cancello e il bosco dove mi attendeva il mio cavallo. Curiosamente nessun colpo venne sparato dalla finestra. Probabilmente svegliare a colpi di fucile Karamzin non doveva essere decisione da poco.

La notizia di un ladro misterioso entrato di notte a Palazzo Karamzin nell'indifferenza dei cani, e senza riuscire a rubare nulla, ci costrinse a tornare a essere più cauti. L'umiliazione provata sotto al tuo letto, il senso del ridicolo e più di tutto l'eco della tua voce che prometteva a lui "domani" mi perseguitarono per giorni.

Domani, capii subito che avevi mantenuto la promessa fatta. E i "domani" seguirono ai "domani". Compivi il tuo dovere senza parlarmene, ma mi accorgevo dai tuoi sguardi cosa ti veniva imposto ora che lui voleva il suo piccolo conte. Incontrarti era penoso, lui e il figlio che voleva da te erano in mezzo a noi. Privato delle nostre notti, il tuo corpo tornò a mancarmi ferocemente; le nostre passeggiate venivano rimandate, interrotte con una scusa. Fuggivo a Pietroburgo.

Karamzin credette ci fossero stati dei contrasti fra noi. Dovetti persino rassicurarlo della mia amicizia per te e inventargli qualche scusa. Non so perché non siamo fuggiti già il giorno dopo il ritorno di tuo marito da Livadija, perché, a ben vedere, avremmo potuto farlo. Alla fine, a tenerci prigionieri di E**** e di Karamzin eravamo soprattutto noi stessi e la nostra paura della libertà. Negli anni, ripensandoci, ho concluso che erano le abitudini e le consuetudini a trattenermi: il mio essere incapace di vivere senza quello che ai tempi avrei definito decoro, un insieme di certezze fatte da un certo numero di camicie ben stirate, da una carrozza che tu non potevi non avere, da un appartamento di buon gusto. Mentre mi agitavo avanti e indietro da Pietroburgo e assediavo le baronessine Cerkassij perché cedessero a Karamzin, non immaginavo che rischiavo di perderti per delle camicie di seta e perché tu potessi avere sempre del buon tè al tuo samovar.

La notizia che a dicembre Karamzin sarebbe stato investito conte era stata un duro colpo per le baronessine Cerkassij. Le auguste persone che le informavano avevano confermato la notizia. Olga disse cose terribili sullo Zar e su Karamzin e io temetti seriamente che tutto il nostro affare sarebbe andato a monte. Invece proprio quella decisione, dopo qualche giorno, le spinse a cedere. Le due sorelle mi convocarono con un biglietto stilato a lutto: avrebbero acconsentito alle richieste di Karamzin per una cifra doppia di quella offerta da tuo marito e la ottennero.

Felice per l'affare concluso, Karamzin si turbò visibilmente nel sapere che la cifra richiesta doveva essere interamente tradotta in una fede di credito intestata a un certo marchese de La Mole che doveva poi far traferire la somma su una banca all'estero. Rosso in volto mi disse di fare quel che occorreva e di non parlargli più di quell'affare, né delle Cerkassij.

La settimana successiva io ricevevo come compenso una cifra sufficiente per assicurarci numerosi mesi confortevoli a Parigi senza rischiare di dover rimpiangere le nostre vite di Pietroburgo. Questo ci regalò qualche giorno di euforia che trascorremmo al nostro castello.

Avevo anche finito di far sistemare sulle carte della Russia le proprietà di Karamzin, che ora poteva finalmente vedere il suo nome fissato con sigilli su una rispettabile parte delle mappe demaniali di diversi distretti. Durante quel lavoro, che mi sforzavo di trattare con il distacco annoiato che dedicavo generalmente alle faccende burocratiche, mi passarono davanti agli occhi proprietà di cui avevo sentito parlare da mio nonno e altre mai udite nominare. Solo una volta il mio distacco verso quelle carte si incrinò; avevi avuto ragione, il nostro castello era ancora mio. Karamzin non compra rovine.

Ai lati opposti di un grande tavolo da pranzo trasformato in tavolo da lavoro, illustravo a tuo marito zolla per zolla il passaggio di un pezzo della nostra provincia dai Tverskòj a Karamzin. Nikolaj Aleksàndrovic osservò bene le carte, controllò i documenti con un'aria da esperto qual era, non lasciò trasparire alcuna soddisfazione, sembrava che tutte quelle ricchezze fossero solo carta e misure e che non lo riguardassero direttamente. Io con altrettanta calma vedevo sparire il mio nome dalle pergamene in cirillico e nascosi la gioia di sentire dentro di me che presto il nome Stepán Tverskòj sarebbe rinato altrove.

«In qualche decennio voi siete riuscito ad ottenere ciò che

i Tverskòj hanno impiegato secoli per conquistare, difendere e perdere», gli dissi dopo aver finito di illustrare tutti i passaggi catastali e le carte. Lui mi guardò e annuì.

«E se avesse ragione il francese?», si chiese toccando le pergamene dove si disegnavano i confini e le quote della Russia come l'avevano spartita gli uomini. «Se tutta la Russia andasse presto in fiamme? Che bello scherzo sarebbe».

Risposi che spesso la Russia aveva attraversato momenti turbolenti, ma che poi tutto ritornava all'ordine migliore. Non chiarii di che ordine parlassi, perché in effetti non lo conoscevo ancora. Lui mi sorrise scettico; immagino avrebbe voluto dirmi: "Facile filosofeggiare così per voi, che non possedete nulla". Invece disse: «Però mi hanno detto che volete trasferirvi in Francia, dunque temete qualcosa anche voi...».

«Non temo nulla in Russia che non potrei temere anche per la Francia. Sono piuttosto attratto da Parigi, e ho voglia di viaggiare, ho ventidue anni, mi servono cieli nuovi. Ma non ho deciso ancora», risposi con tutta calma, avevo già calcolato che prima o poi tuo marito avrebbe saputo i mei movimenti e d'altra parte il desiderio di un giovane di andare a Parigi non aveva nulla di strano.

«Pensateci bene, dispiacerà a Hélèna se ci lasciaste. Mi raccomando, se decidete bisognerà dirglielo con tatto, non vorrei si fosse innamorata di voi».

Mi schermii ridendo, lui ridendo mi descrisse la faccia che avevi fatto, qualche giorno prima quando lui, nel conversare con te senza troppa intenzione, ti aveva detto che io avrei fatto bene a sposare presto una donna ricca e che bisognava favorirmi in questo.

Nei giorni successivi tornammo a incontrarci. Erano incontri che si svolgevano sotto la benedizione di Karamzin. Io trattenevo l'ira che mi provocava la sua longanimità. "È solo un imbecille!", mi dicevo. Per provocarlo avevo preso a farti la corte davanti a lui ma poi il timore di essere scoperti mi induceva a plateali gesti di lusinga nei suoi riguardi.

«Attento Stepán, potrei credere che anche voi siate innamorato di mia moglie», mi disse un giorno che avevo superato i limiti della sfrontatezza.

«Chi non lo sarebbe?», risposi com'era previsto che dicessi.

«Io, ad esempio», disse, replicando la frase che gli uomini sposati dicevano spesso nei palchi d'opera. La nostra commedia a tre si avvicinava alla noia.

Nel frattempo Karamzin mi aveva stupito con un nuovo capriccio: ora voleva destinare un vitalizio al figlio di Irina. Aveva cominciato col dirmi: «Se avrò anch'io un erede, spero assomigli a Vassilij». Ero rimasto incredulo perché avevo sempre reputato il ragazzo un po' tonto. Invece tuo marito cominciò a descrivermi le prodezze del fanciullo, considerato in seminario il migliore per ingegno e devozione, capace di tradurre il greco all'impronta e infallibile nelle Sacre Scritture. Nel rinnovare la propria soddisfazione per i successi del giovane levita, disse che non voleva sacrificarlo alla vita ecclesiastica e intendeva aiutarlo negli studi disponendo per lui una congrua rendita. «Potrebbe diventare ministro o ambasciatore, non immagino niente di meno per lui», aggiunse come se il ragazzo fosse davvero suo figlio.

E infatti, per interrompere le sue chiacchiere, e per il piacere di metterlo in imbarazzo, glielo dissi.

«Padre putativo, padre putativo. Il padre vero è un disgraziato senza onore», puntualizzò. «Non ho ancora detto nulla alla madre, perché sarebbe capace di rifiutare», aggiunse, «ma io voglio toglierlo dal seminario e con il nuovo anno verrà a studiare a Pietroburgo. Un simile ingegno arriverà certo a grandi cose, devo ammettere che quanto a intelligenza non assomiglia proprio a Irina...».

Ascoltavo pensando che quel vitalizio non fosse altro che un nuovo dono alla sua amante. Ma quando conobbi la cifra – che venne detta persino col dubbio che fosse non troppo adeguata – mi resi conto che più di un vitalizio era una quota ereditaria. Una cifra che sarebbe risultata invidiabile anche per il più nobile rampollo, e sospetta oltre ogni decenza.

«Hélèna Arkàdjevna conosce questa cifra?», chiesi prospettando l'eventualità di una tua legittima opposizione perché un simile impegno avrebbe leso in futuro il benessere dei vostri figli.

Karamzin, irritato, diventò di brace. «Hélèna Arkàdjevna non sa nulla della cifra, non la saprà, e comunque non ha diritto di lamentarsi. Se mai sarà capace di darmi dei figli», disse mentre un lampo di odio passava nei suoi occhi, «questi avranno abbastanza per stare al pari dello zarevic».

Si alzò dalla poltrona dove era seduto, io mi alzai dalla mia. Lui girò attorno alla stanza, tornò a sedersi invitandomi a farlo anch'io.

«Non guastatevi con me, principe», disse con un detestabile tono cortese. «Vi ho già dimostrato, con le baronesse Cerkassij, che posso essere generoso. Sarò generoso anche questa volta. Non voglio che mia moglie sappia nulla, deve restare tranquilla».

Karamzin doveva aver sempre proceduto così nella vita, alternando promesse a minacce a seconda della vittima. «Pensate davvero che defrauderei i miei figli legittimi?», mi chiese poi con aria offesa. E così facendo mi fissava con i suoi occhi azzurri simili, lo vedevo ora, a quelli di Vassilij.

«Volevo solo ne foste consapevole», risposi tornando nei ranghi della discrezione servile, e giurai a me stesso che mai nessun figlio tuo gli sarebbe capitato fra le braccia.

12

Io lo chiamavo “viaggio”, tu “disparizione” sillabando con divertimento la parola molto in voga al tempo per via dei tanti spettacoli di magia che riempivano i teatri. Il giorno della nostra “disparizione” non era ancora stato deciso ma contavo sarebbe arrivato ai primi di ottobre.

Avevo trovato un luogo sicuro, lungo la strada verso Mosca, dove rifugiarci la prima notte, poi dovevo decidere fra la via di Odessa, la più improbabile e quindi più sicura perché nessuno avrebbe mai pensato che saremmo passati di lì, ma che avrebbe allungato il nostro viaggio di molti giorni; oppure potevamo prendere la strada per Vienna, dove però si rischiava sempre di incontrare qualche conoscente. Il mezzo più veloce, il treno da Mosca, venne escluso per la semplice ragione che Karamzin, proprietario della concessione ferroviaria, ci avrebbe fermati subito. Su una diligenza pubblica sarebbe stato più facile celare le nostre identità, ma quanto era scomoda! La scelta migliore mi sembrò quella di comprare una carrozza che avrei rivenduto appena varcati i confini della Russia.

Sotto le luci e i ritrovi di Pietroburgo cercavo refrigerio

all'ansia dell'attesa, senza riuscirvi: molto di quanto della città mi aveva beato fino ad allora non riusciva più a interessarmi. Nulla mi soddisfaceva. Avevo ritrovato quegli amici che mi consideravano il migliore fra loro. Li avevo accolti con gioia, ma non ero più all'altezza del mio passato.

«Finalmente ti sei annoiato della Karamzina», diceva uno per stuzzicarmi.

«No, guardalo bene. Si è preso solo una vacanza dal duro lavoro», scherzava un altro. Io ridevo a fatica e fingevo di essere quello che non ero più.

Sforzandomi di ritrovare il brio e lo spirito antico li seguii al teatro Marijnskij.

«Dicono che Nikolaj Aleksàndrovic otterrà dallo Zar il titolo di conte», disse uno di loro appena prendemmo i nostri posti nel solito palco. La notizia aveva già conquistato Pietroburgo e qualcuno se ne scandalizzava. Karamzin era il primo uomo in Russia che ottenesse un simile riconoscimento senza essere passato per una vittoria militare.

«Avrà il suo titolo comitale giusto in tempo per avere l'onore di vedersi rotolare la testa», disse ad alta voce quello di noi che si dava pronto per la Rivoluzione ogni domenica dopo le corse dei cavalli. «Perché far rotolare le teste se si possono usare le bombe?», gli rispose dal palco accanto un tipo con la barba che non conoscevo.

Il tono esaltato e la parola "bombe" spaventarono alcune signore, mentre le signorine che erano con noi scoppiarono a ridere. Il sipario si aprì, Anna Pavlova apparve, io arretrai verso il fondo del palco, restai a guardarla solo per qualche minuto. Nessuno si accorse di me. Senza scuse, senza parole, lasciai tutti per sempre.

I giorni dell'estate russa non hanno mai fine, io li usavo interamente, precipitosamente, correvo sotto i cieli perlacei delle notti rosa ovunque potessi trovare il mio vantaggio, fin quando non crollavo sfinito sul mio letto solitario, o più spesso alla scrivania. La bella società proseguiva i suoi balli e gli sguardi delle signore conservavano la noncuranza di chi scorre solo orizzonti tersi, eppure ovunque si avvertivano i segni di una generale inquietudine: gli uomini che contavano si tenevano più stretti con i banchieri, nei palazzi incrociavo facce di malaugurio mai viste prima, austeri ministri si lasciavano sfuggire la pazienza davanti allo Zar e troppe bugie finivano sui giornali. "Che accadrà domani? Come schivare il colpo?", erano le due domande nascoste che attraversavano le fronti degli avveduti. Per tutti gli altri si avvicinava semplicemente la fine del 1913; ignari della tragedia imminente si godevano gli ultimi mesi di pace, le ultime passeggiate al sole che si faceva ogni giorno più avaro, le cavalcate fra il giallo delle foglie e l'ultima neve bianca, non sapendo nulla di quella sporca di fango e sangue che ci avrebbe ricoperti dopo. Ovunque regnava l'inquietudine.

Quando il disinganno stava per sommergermi (dopo le prime promesse, nessuno degli uffici commerciali aveva per il momento bisogno di me) la fortuna sembrò venirmi improvvisamente incontro. L'avvocato Dovlatov mi presentò un tale Auguste Dubac, *attaché* dell'ambasciata francese. Questi era stato incaricato dal suo governo di mandare a buon fine una delicata missione e si era rivolto a Dovlatov: c'erano di mezzo alcune opere d'arte che la Russia rivoleva indietro, ma che i francesi avevano già ben collocate in alcuni castelli e palazzi. Volevano perciò trattenerne almeno alcune e offrivano un prezzo. Da entrambe le parti si aspirava a una soluzione, diceva Dubac, ma in questa fase bisognava agire con la massima discrezione; la vicenda doveva restare al momento tutta diplomatica. Ero molto dubbioso di accettare quell'offerta, ma Dovlatov conosceva il mio punto debole e rivelò a Dubac il mio desiderio di lasciare la Russia e tentare la mia fortuna in Francia.

Passandosi l'indice sui baffi sottili, Dubac mi disse con tono aulico che se avessi voluto trasferirmi a Parigi, la Francia stessa si impegnava a trovarmi un posto che definì, con un sorriso ammiccante, "adeguato". Intuii allora che avrei dovuto tradire gli interessi dello Zar e che i due uomini che mi stavano di fronte, accordando i loro toni melliflui, mi consideravano capace di farlo, persino in modo abile. Un sussulto di dignità stava per spingermi a rinunciare, il francese lo intuì e mi prevenne cominciando a descrivere cosa la Francia intendesse per "adeguato": a questo punto il futuro che avrei potuto offrirti a Parigi superava ogni più ottimistica immaginazione. Solo per una promessa che – come tutte le promesse – non costava nulla, mi lasciai convincere a restare ancora a Pietroburgo e a rimandare la nostra partenza ai primi di novembre.

La sera ti scrissi un rispettoso biglietto, che anche Karamzin avrebbe potuto leggere, dove mi rammaricavo per gli impegni che mi costringevano a Pietroburgo più del previsto, ma promettevo di ritornare a E**** il prima possibile. Nello stesso tempo inviai a tuo marito un telegramma annunciandogli che tutti i documenti per il vitalizio di Vassilij erano pronti e che mancavano solo le firme degli interessati.

Così, mentre le notti iniziavano a diventare infinite, io venivo intrappolato dall'affare francese, che non si risolveva a causa della Zarina e di un'anfora appartenuta ad Agamennone.

Diverse settimane erano passate senza farti avere notizie vere; scriverti una lettera sincera era impossibile perché Karamzin controllava la tua corrispondenza. Una sera qualcuno bussò alla porta del mio appartamento. Il domestico venne a dirmi che un giovane malvestito, evidentemente arrivato dalla campagna, chiedeva di vedermi a ogni costo. Era Juri.

Abbracciai il ragazzo selvaggio, sovrano dei boschi. Rosso in volto, Juri si sciolse da me e mi porse una tua lettera, senza dire una parola. Poche righe mi bastarono per capire che morivi dal desiderio di rivedermi. Ricordo ancora lo scritto, che si è salvato dalle tempeste della vita custodito dalla mia memoria, ed è la sola delle tue lettere che mi è rimasta. Le poche altre sono state prima usate contro di me e poi distrutte, pare per il mio bene.

Mi hai già dimenticata amore mio?, scrivevi. *Non importa, vedrai, quando ci rincontreremo ricorderai tutto. Torna un'altra volta per me a E****, Karamzin darà la sua festa d'autunno e ti richiede. Non temere nulla da me, se è questo che ti tiene lontano. Io sapevo che Parigi era un sogno, ma tu forse non sapevi che la nostra stanza a Pietroburgo vale per me mille Parigi.*

Scrissi di getto una risposta, le parole scorrevano con furia dall'inchiostro. L'evocazione della nostra stanza clandestina mi aveva portato indietro a un passato che ora volevo dimenticare. Da tempo ne avevo restituito la chiave, ma – ti avvertivo adesso – non ti volevo più incontrare nemmeno a casa di tuo marito, davanti a lui o di nascosto da lui; l'avrei sopportato ancora una volta, per quell'ultimo mio dovere in terra russa. Tu piuttosto dovevi dirmi se eri certa di lasciare tutto per me, perché – se tu davvero lo volevi – io avrei fatto in modo che tutto fosse pronto in pochi giorni. Consegnai la risposta a Juri che scappò via.

Raddoppiai i miei sforzi per chiudere con Dubac, ma nuove difficoltà sorgevano e tutto si complicava, finché compresi che era il francese a voler prolungare il più possibile un affare che riusciva a far scorrere molto denaro fra i cassetti di molte scrivanie.

«Vi capisco Stepán, per noi francesi è in fondo più facile farci gli affari nostri», mi disse a un certo punto, mettendo finalmente le carte in tavola, dopo l'ennesimo rinvio causato dalle pretese dei suoi amici, e dal mio rifiuto a sostenerle. «A differenza di voi russi, noi non abbiamo un re da tradire, ma l'indistinta massa di un popolo per lo più maleodorante e mal vestito».

Replicai qualcosa a favore del popolo e del rispetto di sé stessi. Lui mi ascoltò con deferenza, annuì, apprezzò le mie parole e per tutta risposta mi passò un biglietto con l'indirizzo di un falsario d'arte, una busta con altro denaro da usare come meglio credevo e un complimento alla mia intelligenza che avrebbe saputo trovare la strada migliore per soddisfare tutti.

In un attimo capii che avevo a che fare con un baro, che le sue promesse erano false, e che Dovlatov mi aveva usato come un fantoccio. Con incredibile calma – la calma di chi vede tutte le sue speranze crollare, eppure resta in piedi – gli dissi che, per quel che avevo visto, la sua Francia non avrebbe mai potuto offrire nulla di "adeguato" a Stepán Tverskòj.

La mia decisione di tagliare con Dubac aveva trovato forza anche grazie al tuo primo foglio di risposta che Juri mi aveva consegnato qualche giorno prima. Fra i riccioli della tua scrittura avevo ritrovato lo spirito che mi aveva dato forza nelle angustie di quei freddi primi giorni d'ottobre. Insieme alla tua lettera il ragazzo dei boschi aveva portato un pacchetto con tutti i tuoi gioielli e un piccolo ritratto di te bambina sulle ginocchia di tua madre. Eri pronta a fuggire a qualunque costo e il prima possibile, mi pregavi di non farti aspettare ancora. Pensavi che il denaro fosse il nostro solo ostacolo e mi dicevi di vendere pure tutti i tuoi gioielli. Mi pregavi di lasciare per ultimo il ritratto, e di venderlo solo in caso di estrema necessità, perché era la sola immagine di tua madre che possedevi. L'autore ai tempi del ritratto era giovane e poco conosciuto, ma ora era conteso da tutta la nobiltà europea.

Ridevo e piangevo rileggendo il tuo foglio. Juri divenne il nostro messaggero. Ti scrivevo tutti i giorni.

Nutrito di nuova linfa, determinato a garantirci una carrozza e un buon tè e a non vendere per nulla al mondo i tuoi gioielli, cercai altre strade. Mi tornò in mente il nome di Eugène Roché, lo spiritista che voleva vendere tutti i suoi beni a Karamzin. Chiesi di lui nella colonia dei francesi a Pietroburgo ma sembrava che nessuno conoscesse quel nome. Allora cercai una nobildonna che avesse sposato un francese più attaccato ai tavolini parlanti che allo *chemin de fer*. Per questo ricorsi a mia madre, anche lei frequentava i tavolini parlanti benché dicesse di non crederci affatto, e si aprì una pista. Dovetti partecipare ad alcune sedute spiritiche e perdere altro tempo prima di riuscire a scoprire che Eugène Roché non esisteva, era solo un nome inventato da Karamzin. Esisteva invece il marchese de La Mole, la stessa persona al quale le baronessine Cerkassij avevano voluto consegnare il ricavato della transazione con Karamzin.

Mi presentai al marchese come avvocato di tuo marito. De La Mole mi accolse con molto riguardo e qualche apprensione: temeva che Karamzin volesse tornare indietro sui loro accordi accampando qualche scusa.

Sulle prime mi trattò con la circospetta attenzione che si ha per un inviato dal fronte nemico, ma quando gli spiegai che Karamzin era contento dell'affare fatto con lui e che non era per quello che mi presentavo nel suo studio, l'incontro prese una piega più amichevole. Il marchese era un facondo e originale conversatore, mi spinse a parlare di politica e di storia russa. Amava il nostro Paese, la Neva gelata, e i cieli di croco come si vedono solo sul Baltico. Lui – come già sapevo – disse di essere molto preoccupato se non terrorizzato dai bolscevichi, ma ancor più dagli anarchici, e in tutto questo deplorava l'invenzione della polvere da sparo. Sosteneva che era a causa della polvere da sparo se le guerre erano diventate delle carneficine e non erano più affare da gentiluomini. L'idea di contraddirlo non mi sfiorò neanche un attimo. A metà della nostra conversazione, quando ormai gli avevo confessato che volevo lasciare la Russia a tutti i costi, lui mi annunciò che in Russia, e forse anche in Europa, tutto sarebbe precipitato in pochi mesi. Presto, profetava, si sarebbero rivisti a Pietroburgo gli stessi orrori conosciuti dalla Francia. Lo sentiva il suo sangue perché – diceva – lui aveva l'istinto delle specie sopravvissute. Il suo bisnonno era stato il solo di sette maschi a salvarsi dalla ghigliottina, vestito da fanciullina e nascosto fra i figli della sua balia. E adesso, sapeva, sarebbe successo lo stesso.

«Ma voi», mi disse con disperazione, quasi allucinato, «non avete Voltaire e Descartes, e gli esiti possono essere ancora più terribili».

Annuii fingendomi disperato anch'io, e un po' lo ero davvero perché nell'ascoltarlo il desiderio di lasciare al più presto la Russia era diventato uno spasmo, sentivo la sventura incombere su noi due e la necessità fortissima di sfatarla. Il marchese de La Mole prese allora un'espressione dolce e allungò sulla scrivania verso di me le sue mani bianchissime, porgendomele perché le stringessi, gesto che compii d'istinto con più forza di quel che avrei voluto. Da quella stretta, credo, lui capì quanto volessi lasciare la Russia al più presto e che molto di non detto mi turbava. Parlò ancora con più calma a proposito delle notti bianche di Pietroburgo che superano in poesia le luci di Parigi, e dei tramonti rosa che si apprezzano solo in vecchiaia; mi comunicò il suo rammarico di non aver avuto figli ma aggiunse di aver riscattato quel sentimento amando i figli migliori degli altri.

Non credo che il marchese de La Mole avesse davvero bisogno di avvocati russi che parlassero il tedesco e il francese, ma finse quello stesso giorno di averne necessità estrema tanto da chiedermi se ero disposto a trasferirmi a Parigi. Penso vedesse nel giovane principe Tverskòj un futuro perseguitato e volesse salvarlo per ripagare un destino che poco più di cento anni prima aveva concesso la vita al suo bisnonno, e quindi a lui.

Per il poco che lo frequentai in quei giorni ne ebbi l'impressione di un uomo eccezionale; sembrava aver vissuto molte vite e attraversato il tempo, la sua inclinazione per lo spiritismo credo non fosse che un modo per nascondere la sua sublime capacità di intuire il futuro prima degli altri. Ad ogni modo, nonostante la sua veggenza, non sospettò mai che il mio desiderio di lasciare la Russia non fosse affatto mosso dalla paura dei bolscevichi ma solo il desiderio di fuggire con la moglie di un altro per vivere con lei.

13

Non c'è simulazione più difficile del rivedere la persona segretamente amata, amata come io ti amavo, in mezzo a una piccola folla che non deve sospettare nulla ma che potrebbe capire tutto. Il gioco mi aveva sempre divertito ma ora non sapevo se avrei saputo sostenerlo: di fronte all'imminenza della nostra "disparizione", le mie remore si allentavano inconsapevolmente, mentre tutto ciò che non fossi tu mi era diventato molesto. Ero cambiato. Non mi preoccupavo più di piacere a tutti ed ero scostante con molti.

Per raggiungere la vostra festa d'autunno, ero partito insieme a Dovlatov. Il ricco avvocato aveva voluto inaugurare la sua nuova auto e dimostrarmi così che con una carrozza dotata di un motore avremmo impiegato la metà del tempo normalmente necessario ai vecchi tiri a quattro. Il mio *dominus* era, come Karamzin, un forte partigiano del progresso, qualunque marchingegno semovente per lui era degno del massimo rispetto e considerazione. Ma non ci voleva molto a capire che questa "fede" non si fondava né su basi scientifiche, né filosofiche e nemmeno religiose; si nutriva piuttosto del sentimento di cupidigia che genera l'ottimismo sui prossimi guadagni che quel progresso avrebbe portato. Dovlatov, come Karamzin, non poteva certo dire al mondo: "Amo questo progresso perché questo progresso mi arricchirà e se qualcuno ne farà le spese non so cosa farci", lui e quelli come lui si ingegnavano piuttosto a esaltare il mondo delle macchine come l'anticamera di un nuovo paradiso creato da intelligenze superiori, assicurando vantaggi universali per tutti, anche se al dunque erano ben lontani da saperli dimostrare concretamente a chi senza quelle macchine viveva già felicemente.

«Con questa», diceva Dovlatov battendo la mano grassoccia sulla pelle del suo sedile imbottito come fosse la groppa di un cavallo, «niente biada, stallatico e stallieri. Basta un po' di gas, uno *chauffeur* e una rimessa. E poi si va più veloci, molto più veloci».

Dopo una decina di chilometri, la meraviglia mobile di Dovlatov cominciò a scioperare, si fermò due volte, rischiò di ustionare l'autista nonché meccanico, e alla fine impiegò più tempo di una comune carrozza a quattro cavalli. Durante la corsa – quando correvamo – eravamo costretti a viaggiare con i finestrini chiusi per non respirare il fumo fetido del motore. Tossivamo come tisici in punto di morte tenendoci i fazzoletti sulla bocca. Il mio compagno di viaggio, che passava per una delle menti più brillanti di Pietroburgo, forse a causa dell'ottundimento per quei gas si era messo a parlare dello Zar e della scarsa salute dello Zarevic, dicendo pressappoco le stesse cose che avrebbe detto la sua cuoca e traendone le stesse conclusioni; poi, con la scusa di conoscere i dettagli del vitalizio per Vassilij, si era addentrato nei pettegolezzi su Irina Lijubovna.

Qui aveva tirato fuori uno spirito villano che – devo ammettere – aveva in qualche modo alleviato i nostri ultimi chilometri infernali.

Con l'anima e i polmoni così intossicati sono entrato negli ampli saloni scintillanti, evitando per poco di scontrarmi con uno dei due leoni del cui ingombro mi ero dimenticato. Mi alleggerirono il cuore solo i toni delicati dei fiori sui quali avevi avuto mano libera, ma il loro contrasto con tutto il resto divenne per me subito doloroso, tanto che non li guardai più e mi inoltrai nei saloni.

Seguito da Dovlatov, attraversai rapido e dritto la schiera dei vassalli di tuo marito. Salutavo, baciavo mani e fuggivo da tutti perché te sola cercavo. La festa era al suo culmine. Tutte le persone dabbene che abitavano fino a un'ora di carrozza erano raccolte in quei sei saloni, in uno dei quali suonava un'orchestrina. Per molti di loro la festa di Nikolaj Aleksàndrovic valeva come un ricevimento dell'imperatore; avevano tirato fuori dai bauli gli abiti migliori e i vecchi gioielli, impegnandosi tutti, l'un con l'altro, a dare il meglio. Riconoscevo anche qualcuno che veniva persino, come noi, da Pietroburgo. Evidentemente la voce del prossimo titolo di conte per Karamzin cominciava a diffondersi e a produrre i suoi effetti in società.

Tuo marito era al centro di un gruppo d'uomini d'affari, che lasciò subito per venirci incontro e salutarci. Appariva sollevato nel vedere soprattutto me, perché voleva a ogni costo rendere pubblico, proprio quella sera, il vitalizio per Vassilij e non poteva farlo senza il mio aiuto. Karamzin era talmente in pena per questo che si lamentò vivamente del nostro ritardo. Dovlatov pur di non accusare l'automobile, diede colpa all'autista assicurando a Karamzin che l'uomo sarebbe stato licenziato. Nikolaj lo umiliò dicendogli che era me che aspettava con ansia, lui sarebbe anche potuto restare con l'autista per strada.

Nella nostra triplice risata quella di Dovlatov suonò la più divertita. Lasciai i due a magnificare i prodigi dell'automobile e a speculare sui vantaggi economici che da quell'arnese si potevano trarre. Per quanto mi riguardava ero ormai certo che il genere umano sarebbe stato eliminato dalla faccia della Terra dalla sua smania di denaro. Una smania che ci avrebbe fatto preferire la puzza e il rumore alla quiete e all'aria profumata dai tigli, ma prima della nostra ecatombe ci sarebbe stato un tempo in cui saremmo stati così asserviti agli automi e alle macchine da assumerci noi umani la responsabilità delle loro colpe, ed essere frustati al loro posto, proprio come aveva appena fatto Dovlatov. Una sola fortuna avevamo io e te: per tutto questo ci sarebbe voluto ancora molto tempo, e i nostri cieli sarebbero stati tersi e l'aria ancora pura.

Con questi pensieri d'apocalisse proseguii a cercarti fra i gruppi di ospiti che mi si opponevano stolidi. Ero un cervo alla ricerca di una fonte in mezzo alle rocce e ai rovi. Finalmente, nell'ultimo salone, ti ho vista quasi nascosta. Eri bella come sapevo, ma dimagrita e con un'espressione assente sul volto, espressione che subito mutò in vita e colore non appena mi scorgesti in mezzo ad alcune teste basculanti che si frapponevano fra noi. Il respiro mi si fermò, provai terrore per l'irrefrenabile gioia che mi aveva preso e la mia impossibilità di restare impassibile mentre avanzavi quasi correndo verso di me violando ogni buona regola. Due signore – quel genere di amiche attempate che votano la loro vita in società alla protezione delle più giovani dagli inganni maschili e dalle maldicenze – ti vennero dietro convinte dell'opportunità del loro seguito guastando il nostro primo incontro dopo tanto tempo.

Il vestito che indossavi era uno dei miei preferiti, lo avevi scelto per me, ma non te ne ero grato come avrei dovuto perché adesso eravamo in mezzo a mille altri estranei malvenuti in quel luogo, e io ero più ostile che mai verso il mondo che si frapponeva fra noi, prime fra tutte le due vecchie gufesse che si ostinavano a farti da scorta. (Non erano poi così vecchie, lo so, una era la contessa Zilienskij che all'epoca doveva avere poco più di trent'anni, ma io allora le vedevo così).

Eri radiosa, ti è bastato scorgermi per essere contenta, e avevi commesso l'errore di dirmelo appena ci siamo salutati davanti alle due signore. Ero invidioso della tua gioia: se io ti rendevo felice, pretendevo che anche tu mi procurassi almeno altrettanta felicità. Lo so, il mio amore non è mai stato generoso con te. Ma è poi generoso l'amore?

"Fai qualcosa", pensavo, "fingi di svenire. Chiedimi di portarti fuori a prendere aria. Possibile che in questa enorme casa piena di oggetti e orpelli non ci sia un quadro o un vaso, il più orribile fra tutti, da mostrare a me solo?". Chi aveva detto che i cervelli degli amanti comunicano? I nostri quella sera non comunicavano affatto. Mi sorridevi dicendomi cose che chiunque avrebbe potuto ascoltare, e proprio per questo io non le sentivo. Le due signore mi guardavano in modo assennato, seguendo la nostra titubante conversazione.

Fummo distolti da quella noia dal movimento di alcuni ospiti; qualcosa stava accadendo in uno degli altri saloni. Non avendo di meglio da fare, muovemmo verso il brusio. Da poco era stato annunciato a tuo marito l'arrivo di un nuovo ospite. D'un tratto il viso di Karamzin si distese e si illuminò mentre la piccola folla gli si apriva davanti e lui attraversava la sala. Pensai all'arrivo di un duca o di un generale, invece non erano altri che Irina Lijubova e suo figlio Vassilij, scortati dal dottor Sponka. Nikolaj Aleksàndrovic doveva averli istruiti perché arrivassero più tardi e potessero ricevere il loro ingresso trionfale. Non avrei mai sospettato tuo marito capace di simili espressioni, così semplici e buone da farlo scambiare per un allocco. O forse – questo dubbio mi venne poi – era proprio quella la sua più semplice essenza che potevo cogliere solo ora. Fatto sta che i suoi occhi acuti e spesso crudeli mutarono al punto da farlo sembrare capace di sentimenti, e la sua bocca sottile e dura si era aperta in un sorriso tenero che contrastava con l'abituale improntitudine delle sue labbra.

Irina indossava l'abito verde di gran lusso che avevo visto caricare sul suo carrozzino davanti a casa tua e, ammetto, poteva sembrare anche lei una duchessa. Che quadretto ridicolo, pensai, e che scena ingiusta e offensiva verso di te. Anch'io avrei voluto regalarti abiti eleganti, guanti e scarpine, attraversare la sala con aria sfacciata, raggiungerti, offrirti il braccio e portarti via da quel luogo insensato e troppo luminoso. Ma Stepán Tverskòj non poteva, mentre Nikolaj Aleksàndrovic correva verso la Lijubova con una premura da amante e nessuno osava sussurrare nulla. "Chi ti impedisce di prendere Hélèna e portarla via adesso?", mi diceva la voce che negli ultimi tempi si era fatta sempre più frequente dentro di me, e mi pungolava a fare in fretta. Già, cosa me lo impediva?

Tu rivolgesti qualche sguardo indifferente alla scena sforzandoti di non dar peso all'aspetto trionfante di Irina, al suo abito troppo prezioso per non svelarne la provenienza, alle carezze di Nikolaj Aleksàndrovic sul capo del giovanetto che prima gli aveva baciato la mano. Madre e figlio si muovevano con l'aria di piccoli vanesi intimiditi, che riscattavano l'impaccio con la consapevolezza di indossare abiti di gran moda, e di essere invidiati. Tutti vedevano, tutti sapevano, e tutti fingevano che non vi fosse nulla di strano in quel che già era accaduto, in quel che stava per accadere. Eccola la società per bene che non si turba di nulla pur di preservare la sua quiete e i suoi piccoli vantaggi. Ero certo che se in quel momento Nikolaj Aleksàndrovic avesse osato baciare Irina sulla bocca nessuno avrebbe trovato nulla da ridire, e anzi almeno un paio dei pochi istruiti avrebbero negato l'evidenza e assicurato che il bacio non era un bacio come lo si intende oggi ma un gesto simbolico che traeva origine da antiche tradizioni greco-romane travasate nella cultura russa. A E**** anche l'evidenza era decisa da Karamzin e dal suo potere quasi magico, perché tutti vedevano, anzi riuscivano a vedere, solo quello che Karamzin voleva vedessero.

Ne avevo abbastanza di quello spettacolo. Ti porsi il braccio e ti condussi in un'altra sala, dovevo parlarti a ogni costo.

Nemmeno mezz'ora dopo un valletto ci raggiunse; mi avvisò che Karamzin mi attendeva nel suo studio. Tuo marito non voleva far trascorrere troppo tempo dall'arrivo di Irina alla celebrazione del suo affare più sentimentale e pittoresco. Ti lasciai in compagnia del colonnello Levin, di Anna Oblenskaja e di un piccolo gruppo che ci aveva raggiunto e si era messo attorno a te.

Nello studio trovai già sistemati i due beneficiati, in compagnia di Alessio Sponka. Karamzin aveva scelto di sedersi quasi in disparte su un divano, lasciando a me la scrivania da dove illustrai con il tono più neutro possibile in cosa consistesse il generoso gesto di Nikolaj Aleksàndrovic Karamzin. Mi colpì il fatto che quando pronunciai la cifra enorme e scandendola con la giusta enfasi, persino il ragazzo restò impassibile, quasi la conoscessero già o la ritenessero dovuta. Il vitalizio, spiegai poi, dipendeva solo da due condizioni: gli studi del ragazzo che avrebbe dovuto lasciare il seminario ortodosso per entrare nella scuola politecnica, e il trasferimento a Pietroburgo di Irina. La madre del ragazzo sarebbe stata sistemata in un grande appartamento, di cui fornii tutti i confortevoli dettagli, messo a sua disposizione da Karamzin.

«Così vostra cugina potrà essere più vicina al figlio e vegliare su di lui», disse Karamzin dalla poltrona rivolgendosi a Sponka, che annuiva e ascoltava attentamente mentre sciorinavo il numero di stanze e gli arredi che componevano la dimora.

Anche un mentecatto avrebbe compreso che il vitalizio per Vassilij non era altro che una rendita disposta a favore di una mantenuta, ma tuo marito era superiore a queste insinuazioni e si comportava con l'attitudine dell'uomo retto e magnanimo. Nello studio mancava solo il profumo d'incenso perché l'atmosfera fosse totalmente consona allo spirito del magnate. Anch'io d'altra parte, adeguandomi allo spirito padrone, descrivevo le clausole come se si trattasse di gesti comuni di disinteressata liberalità e che a Pietroburgo gli studi legali non facessero altro che disporre vitalizi a vantaggio di giovani senza padre. Se le viscere mi ribollivano era solo per la mia giovane età. In seguito avrei visto di ben di peggio in fatto di imposture benché più seriamente motivate.

Irina ascoltava affettando poca attenzione e ostentando ignoranza verso le parole usate da noi avvocati. Solo al momento della lettura della condizione che la riguardava e alla fine della descrizione dell'appartamento dove avrebbe dovuto trasferirsi, si volse verso Nikolaj Aleksàndrovic lasciandosi sfuggire un risolino da sciocca accompagnato da un vivo rossore che lui avrà certamente letto come pudore, ma che per me – al quale lei aveva rivolto per un attimo lo sguardo di faina – era di consapevole soddisfazione per tutto quello che il contratto sottendeva e comportava e di cui aveva perfettamente capito il contenuto fin nelle più riposte conseguenze e vantaggi.

Infine, Alessio Sponka approvò, Irina accettò, il giovane Vassilij prese un'aria compunta e si lasciò sfuggire un: «Grazie Eccellenza». Nikolaj Aleksàndrovic chiuse l'atto baciando la mano di Irina, aggiungendo qualcosa di appropriato all'indirizzo di Vassilij a proposito della dignità che quella fortuna gli conferiva e dei suoi doveri verso la madre. Poco dopo madre e figlio, scortati da Sponka, uscirono. Io invece fui condannato a restare.

«Accomodatevi, Stepán Dmitrievič», disse Karamzin appena la porta si chiuse dietro al terzetto. «Ora che tutto è stato sistemato, permettetemi di parlarvi come a un amico».

Eccoci, mi dissi; ora dovrò restare qui ad ascoltare le sue confidenze, proprio quando vorrei mettere fra me e quest'uomo più distanza possibile. Quanto sono disgraziato, costretto a compiacere l'uomo che più detesto mentre vorrei tornare di là! "Se fossi fuggito con Hélèna appena hai capito di amarla, ti saresti risparmiato anche questa perdita di tempo", mi rispose la voce di prima.

Karamzin parlava di Irina, cercava comprensione e appoggio, e soprattutto, credo, la mia pubblica giustificazione davanti al bel mondo per quel gesto di cui tutta Pietroburgo avrebbe presto parlato. «Voi non sapete come io sia felice di dare una posizione ad Irina. Avete visto il suo viso al momento della firma? Rifulgeva finalmente di felicità», disse guardando la porta chiusa dalla quale la donna era uscita poco prima, senza voltarsi. «Sapete, mi sento colpevole per la condizione in cui si è trovata. Lei mi amava e a causa mia è stata sfortunata, ha sofferto molto. Ho solo voluto riparare quella colpa, capite, vero?». Fece una pausa, i suoi occhi si attardarono sulle carte appena firmate che ancora erano sul tavolo, poi mi guardò.

Io tacevo, lui proseguì. «Ero giovane e l'amavo, per me lei era sublime e l'avrei certamente sposata, ma, mi conoscete, sono ambizioso, è il mio difetto ed è il mio carattere. A trent'anni lo ero ancora di più, volevo essere ricco, far dimenticare il figlio del fattore che ero, dimostrare che Nikolaj Aleksàndrovic Karamzin poteva arrivare in alto. Su quella strada mi sono dimenticato di lei, e mentre la dimenticavo, la mia giovinezza e il poco di buono che avevo si sono spenti senza che io me ne accorgessi. Ora, questo gesto e queste carte sento che riaccendono la nostra gioventù».

Lo ascoltavo sconcertato dal suo abbandonarsi in modo tanto confidente a un estraneo, avvertivo in sottofondo il sopruso di un uomo potente che pensa di poter dire tutto quello che gli passa per la testa infischiandosene di chi lo ascolta e del suo giudizio. Poi, ricordandomi chi fosse Karamzin, sospettai che avesse con quelle chiacchiere un obiettivo. Lo provocai per farlo scoprire. Gli dissi che spesso è necessario sacrificare i primi amori, i quali sembrano tutti grandi e meravigliosi ma in realtà godono solo del vantaggio di essere i primi e si nutrono di un sangue giovane che li fa vivere.

«Forse quello che dite vale per voi, ma io sono differente...», rispose modesto, senza accorgersi del sottinteso di quelle parole che rivelavano un amore mai spento e più vivo di quello che si potesse sospettare.

«Ma adesso siete sposato con Hélèna Arkàdjevna», dissi con slancio, per avvisarlo della crina pericolosa che avevano preso le sue confidenze.

«Oh, mia moglie», proseguì come ricordandosi di qualcosa di cui si era dimenticato. «Hélèna Arkàdjevna è una donna bellissima, dicono la più bella signora di Pietroburgo. Con lei vicino entro nei migliori saloni come una nave ammiraglia consapevole della sua primazia; e lo ammetto, le devo qualcosa del mio attuale prestigio. Ma adesso salderò i miei obblighi con lei. Lo sapete anche voi, vero? Hélèna sarà contessa, è questione di qualche mese. Non credo possa lamentarsi di me, per lei ho fatto molto: l'ho tolta da un padre demente, da una famiglia in miseria, le ho dato ricchezza e ora un titolo. Credo di essere un buon marito, onesto nel limite dell'umano. Lei invece...». Karamzin, si interruppe. «Lei invece...», lasciò la frase sospesa guardandomi.

I nostri occhi si incrociarono, si fissarono, mentre mi sforzavo di non leggere nei suoi una pena profonda. Piuttosto mi irrigidii, pronto a udire e ad affrontare quello che temevo da tempo e che ora desideravo. Mi ricordo bene di me stesso davanti a Karamzin in attesa delle parole che ci avrebbero liberato: "Lei invece mi tradisce con voi, Stepán Dmitrievič!"

Di fronte alla verità, io mi sarei messo a sua disposizione, avremmo fissato una data, e uno solo di noi sarebbe rimasto vivo. Nell'attesa che scoccasse la nostra ora, non potevo non considerare la lungimiranza delle baronessine Cerkassij e ringraziarle perché la mia mira in quei mesi era migliorata.

«Lei invece... lei invece», Karamzin ripetè con lentezza come pesando le conseguenze di quello che stava per dire. Poi disse di un fiato: «Lei invece mi disprezza». La pendola suonò.

Karamzin aveva tirato a salve; e io da uomo colpito a salve provai un istintivo sollievo e me ne vergognai. Lui come liberato, dopo il primo imbarazzo, proseguì le sue confidenze senza che io trovassi modo di fermarle.

«Fra me ed Hélèna c'è sempre stata una lastra di cristallo pesante e indistruttibile», proseguì riacquistando padronanza di sé, mentre io mi rassegnavo al mio ruolo di confidente. «Voi, Stepán Dmitrievič», diceva «avete imparato a desiderare quasi tutto, perché quelli come voi potevano avere quasi tutto; ma il figlio di un fattore impara fin da bambino a calibrare le proprie ambizioni. Impariamo a non desiderare ciò che non possiamo avere, altrimenti impazziremmo. Così accade che le cose impossibili, dopo un primo luccichio, finiscano per esserci indifferenti. Da bambini sono i giocattoli e i dolci, poi segue il resto. Ecco, l'amore di Hélèna è forse l'unica cosa sulla Terra che io non possa permettermi. Purtroppo questo l'ho capito solo più tardi, troppo tardi, quando il guaio era fatto. Non dico di non aver sofferto, ma ora la guardo e lei mi è indifferente, non conta più nulla. Troppo bella, troppo colta, ogni volta che mi avvicino a lei torno a essere il figlio del fattore, trattato con gentilezza. Siamo estranei, uniti dalla convenienza e dal rispetto delle apparenze».

«Hélèna ha per voi molto affetto e ammirazione».

«Ah ah, siete un buon amico, ma, vedete, anche voi non avete pronunciato la parola amore», disse stirando la bocca sottile in un mezzo sorriso. «Deduco che siete onesto, Stepán Dmitrievič. Non sentitevi a disagio. Anche grazie alla vostra presenza ho capito che Hélèna vive con me come si vive con un estraneo, spero non con un nemico, ma certamente non mi considera amico come dice a ogni frase. Da quando siete arrivato a E**** ho cominciato a osservarla meglio e ho notato come si trasforma quando parla con voi, principe Tverskòj. Le siete amico, vero?».

«Si, le sono amico», dissi in un soffio. «Per consuetudini familiari...», aggiunsi.

«Diciamo pure così, è molto cortese da parte vostra. In realtà voi due siete della stessa razza, parlate allo stesso modo, persino qualche gesto... ecco, come appoggiate la mano sul bracciolo della poltrona».

Guardai la mia mano e non vi trovai nulla che mi richiamasse la tua. Ma che potevo dire in quella situazione così ingarbugliata? «Se ci pensate, siamo tutte scimmie che si imitano l'una con l'altra», mi affrettai ad aggiungere, frapponendo fragili argini di ovvietà al fiume delle parole di Karamzin. Lui non ascoltava.

«Io mi sento più stretto a una donna come Irina», proseguì cercando di apparire lucido e tornando al soggetto che evidentemente gli era più caro.

Solo al pronunciare il nome Irina, Karamzin era tornato padrone di sé. Il suo tono di voce e il suo atteggiamento erano nuovamente quelli di sempre. Era tornato l'uomo sicuro che sa cosa vuole e come ottenerlo. Per quanto bizzarro, mi sentii più sicuro di me anch'io. Divenni più attento, sospettai a breve qualche altra rivelazione di cui il nostro studio legale si sarebbe occupato. Del resto, cosa potrebbe mai volere un uomo da un avvocato dopo avergli confessato il suo amore retrospettivo e quasi "eterno" per una signora che non è sua moglie, e dichiarando allo stesso tempo, apertamente, di non avere più nulla da dividere con quest'ultima?

Sciocco che ero, Nikolaj Aleksàndrovic voleva il divorzio! Ma prima di trovare il coraggio di confessarlo – non avendo evidentemente ancora capito nulla di noi due – cercava di tirarmi dalla sua parte. Non appena il mio cervello realizzò tutto ciò, venni preso dall'euforia e mi preparai a condurlo alla grande decisione.

«I matrimoni decisi con la ragione sono spesso quelli meglio riusciti», osservai liquidando così il vostro matrimonio come un legame deciso senza sentimento. E lui – come prevedevo – mi smentì, negando vivamente la buona riuscita della vostra unione ragionata e definendola solo un "affare".

«Certo», mi affrettai ad assecondarlo, «se le persone coinvolte hanno nature non comuni e non sono inclini ad acquietarsi concordi su ciò che di comodo la situazione offre, questa regola non vale». Karamzin annuiva seguendomi come un peccatore contrito segue il confessore. Allora, incoraggiato, riesumai le fondamenta di un mio trattatello inedito *Sulla crudeltà della saggezza e sue orribili conseguenze*, che mi aveva già ottenuto ottimi esiti fra alcune signore d'intelligenza non comune. Mentre parlavo con il calore che la materia esigeva, vedevo quelle stesse parole sedurre l'animo da ragioniere e turbare la fronte ampia e solida di Nikolaj Aleksàndrovic Karamzin che si increspava producendo nei suoi occhi una luce tenera e a tratti patetica. Se non fossi stato così personalmente coinvolto, mi sarei messo a ridere, invece profondevo ogni impegno per arrivare a persuadere Karamzin.

«Accade con la maturità», proseguii imperterrito, «che si cominci a saper distinguere fra contentezza, soddisfazione, appagamento, euforia, compiacimento dell'amor proprio e pura felicità». Lui annuiva e mi ascoltava rapito. «Da giovani questi sentimenti sembrano tutti simili, poi ci si accorge che la felicità è altra cosa, ben più difficile da raggiungere, ben più nobile nella sua essenza. E *rara* soprattutto. Ma a questo punto», tirai un sospiro, «vincitori di mille battaglie, conquistatori di altre donne, troppo tardi consapevoli, ricordiamo la fanciulla dimenticata, alla quale senza saperlo abbiamo abbandonato la nostra vera felicità, portandole via la sua».

Non credevo a una sola parola di quel che dicevo, ma qualcosa nella mia voce dovette risuonare autentica, perché il mio discepolo sospirò come un fanciullo. Se avessi avuto per lui un cuore, se fossi stato anch'io figlio di un *mujik*, forse avrei capito che quello era il momento giusto per dirgli: "Coraggio, non vi disperate, tutto può essere aggiustato. Le cose sono molto più semplici di quello che appaiono, basta essere sinceri e prenderci ciò che vogliamo. Un divorzio non è poi un così grande scandalo, siamo nel Novecento". Invece nel mio linguaggio astratto e inutile, aggiunsi qualcosa di vago e prevedibile sulla felicità perduta e sul dovere di ritrovarla per il bene di sé stessi, finendo coll'irritarlo: anch'io lo stavo trattando di nuovo come il figlio del fattore, con gentilezza.

«Impossibile, impossibile», mi si rivoltò, «non sono così sciocco da non vedere lo scandalo e la mia degradazione. Purtroppo ci sono errori che non si riparano e colpe che non si smette mai di pagare. E poi anche le fanciulle dimenticate a loro volta dimenticano, soprattutto quando sono state ferite a morte e non vogliono più soffrire. L'amore si spegne anche per loro, sapete?», disse con la voce incrinata. Seguì qualche minuto di silenzio. «Non saranno certo altre carte e altri timbri a rendere Irina più felice di quello che ho fatto oggi e che farò ancora», aggiunse secco. Il viso di Karamzin era stravolto. Il potente e temuto Nikolaj Aleksàndrovic amava una ragazza di campagna convinto di non essere più ricambiato e ne soffriva. Non voleva però nemmeno disfare le apparenze del vostro matrimonio, che qualcosa pure gli dava perché anche lui non era più il figlio del fattore e ora poteva desiderare e ottenere senza limiti.

Ancora una volta mi trovai lì per dirgli con accenti sinceri che entrambi stavamo pagando per due colpe sorelle. Se la mia era di amare la donna di un altro, la sua era quella di aver sposato una donna che non amava. Dovevamo entrambi perdonarci e riparare all'errore, perché le pene di quelle due colpe sono terribili, e non solo per noi che le abbiamo commesse, ma anche per le altre due persone che sono innocenti. Noi avevamo l'obbligo di rimediare!

Invece me ne mancò il coraggio. Sotto le luci false del grande studio, la fatica di vivere segnava il mio avversario. Vidi quanto lui fosse vecchio e io giovane. Nonostante l'agilità delle sue membra, la forza delle sue mani e la sicurezza con cui incideva i suoi gesti, una debolezza senile traspariva dalla sua pelle sottile, dalle sue palpebre quasi cadenti, dai capelli radi sulle tempie e dall'impercettibile tremore che si insinuava talvolta fra le sue dita. Di fronte alla felicità possibile, non mi avrebbe mai perdonato di essere io giovane, sapendo lui di essere vecchio. Le nostre possibili felicità non erano uguali: la mia era piena, totale, luminosa, la sua sarebbe stata solo una consolazione rischiarata dalla luce del tramonto. No, Karamzin non poteva essere così generoso. Aveva sistemato la sua Irina come era meglio per lui e non avrebbe mai lasciato a un altro sua moglie, come non avrebbe lasciato a un altro nessuna delle sue proprietà, sarei stato stupido a non capire questo. D'un tratto lo rividi per quello che era e non poteva non essere per me: un nemico. Un nemico da blandire e aggirare, perché ancora non lo si può colpire.

Ritornato sé stesso, Karamzin ritornò al punto da dove eravamo partiti e cioè alla bontà della sua decisione verso Vassilij, scusandosi poi di quella conversazione così fuori luogo. In breve ci ritrovammo entrambi concordi su quello che era stato fatto, riconciliati nel mondo delle cose bendisposte e dei sentimenti comuni che ci sono tanto utili perché le nostre faccende procedano. Finalmente tuo marito si decise a lasciarmi libero.

«Se non c'è null'altro che volete dirmi, non vi sottraggo ancora a Hélèna», disse quasi a malincuore. Nell'alzarmi, nel salutarlo, nel dire le ultime prevedibili parole ero prostrato dal senso di sconfitta e dall'inquietudine. Lui si era seduto e senza più occuparsi di me tornò a guardare le sue carte.

14

Nelle sale la festa si avvicinava alla sarabanda finale. I più timidi avevano smesso di vagare sorridenti e fessi e si erano decisi a invitare a ballare le signorine che fino a quel momento avevano tenuto occupate più poltrone che cavalieri. Gli orchestrali azzardavano virtuosismi e acceleravano il tempo per far felici i più giovani; uno fra i più esagitati scuoteva le code del *frak* piegandosi e lanciando urli da pellerossa fra gli applausi dei suoi amici. Alcune fanciulle in fiore che al loro ingresso avevano sfoggiato incedere e modi da *lady* si erano trasformate in cavalline imbizzarrite ricordando a qualche attempato ammiratore il saldo reale dei loro anni.

Mentre mi facevo largo fra i festanti, in cerca di te, dal più grande dei sei saloni arrivò con odiosa petulanza la voce del dottor Sponka. «Silenzio, silenzio. Un minuto d'attenzione amici, prego».

Il buon tipo si era issato sulle punte dei piedi e chissà quale provvidenziale remora di decenza gli aveva impedito di montare su una sedia per ergersi sopra tutti.

Obbedendo a un suo cenno, l'orchestrina si fermò lasciando

spazio al rumore della massa viva in movimento. Da lontano mi apparivi così sola, seduta accanto alle baronessine Cerkassij, il tuo volto si era trasformato in una maschera immobile, contratto per lo sforzo di apparire calma. La gente che ti passava vicino ammirava il tuo bel profilo, la tua pelle perfetta, il bel mento, ma tutti sembravano pronti a sbranarti al primo segnale del capobranco. Bisognava salvarti da quella gente. In un attimo ero da te.

«Il nostro amato ospite, sua eccellenza Nikolaj Aleksàndrovic, non voleva ve ne parlassi», attaccò il medico, «Ma io sono dell'idea che le azioni generose e gli animi buoni che le hanno determinate meritino di essere conosciuti e apprezzati».

«Bravo», «Hai ragione», si sentiva dire.

«Ecco un medico che ha bisogno di un po' di bromuro», dissi facendoti sorridere.

«Se invece di celebrare le glorie della cugina Irina, Alessio cercasse una moglie, farebbe un gran bene a sé stesso e urlerebbe meno», disse Olga rivolta a Caterina.

Ispirato dalla vodka, Sponka elogiava Vassilij che nel frattempo era stato costretto a ingoiare in fretta e furia un bignè per raggiungerlo e farsi ammirare. «Sua madre», diceva Alessio al colmo della gioia, «voleva farne un prete, ma Sua Eccellenza ritiene che una simile promessa del nostro piccolo paese potrà distinguersi meglio senza avere troppi obblighi con il Padreterno».

Partirono un paio di grasse risate. Irina si mise a piangere e nella commozione abbracciò Karamzin che le era a fianco. Per un momento tuo marito si irrigidì, ma l'attimo dopo la stringeva e le offriva un fazzoletto per asciugarsi le lacrime. Davanti alla scena, prima i più vicini al tribuno, poi tutti gli altri, cominciarono a battere le mani, come se si fosse a un matrimonio – infatti per un istante a tutti noi era sembrato che Karamzin e

Irina si sarebbero baciati. Un gruppo di ragazzotti unì il battere dei piedi alle mani e la sala cominciò a rimbombare come una prateria attraversata da una mandria di bisonti, alcune signore si scambiarono sguardi di disapprovazione ma non era chiaro se ce l'avessero con i loro figli e nipoti rumorosi o con la scaltra Irina che era riuscita a strappare nuovi vantaggi al suo protettore.

Anna Oblenskaja, che ci aveva appena raggiunto, tentò di rompere il silenzio che era caduto sul nostro gruppetto. «Aiutare il ragazzo è stato molto generoso anche da parte vostra, Hélèna Arkàdjevna», disse rivolgendosi dolcemente a te con la sua bella voce di contralto.

«Sì, Nikolaj Aleksàndrovic gli è molto affezionato», hai detto quietamente.

«Mooolto affezionato», ti fece eco un tipo che ci passava alle spalle alzando il mento mentre moltiplicava le "o" all'infinito. Tutti fingemmo di non averlo né visto né udito. Caterina si lamentò del gran caldo che l'aveva fatta arrossire. Zilienskij mi chiese dell'auto di Dovlatov, facendo sterzare facilmente il discorso sull'utilità delle "carrozze senza cavalli", argomento di discussione al tempo irrinunciabile.

L'orchestrina riprese a suonare, mentre si creava la fila di coloro che volevano complimentarsi con Irina; facevano qualche domanda sul ragazzo, sperando poi di trovare il coraggio di dire anche qualcosa a Karamzin. Tu eri totalmente ignorata da quel popolo, primo fra tutti ti ignorava tuo marito che per tutta la sera non si era mai avvicinato a te. Alcuni degli ospiti per raggiungere il gruppetto dei festeggiati erano costretti a passare accanto a noi, e facendolo portavano lo sguardo altrove. Tu apparivi indifferente, dopo un po' trovasti anche il coraggio di voltare le spalle al delizioso quadretto.

«Io non avrei mai fatto tante chiacchiere e questo mezzo scandalo!», disse il colonnello Levin che ci aveva raggiunto anche lui attraversando la sala in senso contrario alla fiumana generale. Gli hai sorriso riconoscente.

«Mi sembra evidente, i Lijubovic e un medico di campagna tengono in pugno il potente Karamzin», disse Caterina. «Se lo si sapesse a Pietroburgo», aggiunse qualcun altro ma io non ascoltavo più.

Tu non dicevi nulla. Mi guardavi, e anch'io guardavo te. Avevamo bisogno d'aria, desideravamo stare soli, ma tu non potevi abbandonare quella sala, né io osavo proportelo, tanto le regole di quella società in disfacimento mi opprimevano. Tu mi hai stretto la mano e allora ho osato dirti: «Siate forte Hélèna, ancora poco e sarà finita». Non parlavo della festa, ma così intesero gli altri.

La festa era infatti all'epilogo e noi avremmo dovuto lasciarci senza essere riusciti a dirci nulla che ci ripagasse di tutti i giorni passati lontani da quando ero tornato a Pietroburgo. Durante la serata, nella confusione, io ero riuscito a darti di nascosto il biglietto dove era scritto tutto quello che era necessario fare per la partenza, e ora mi apprestavo ad accomiatarmi da te davanti a tutti. La notte, ti dissi, l'avrei trascorsa a E**** nella casa del farmacista che tenevo ancora, e la mattina dopo avrei preso il postale per Pietroburgo, perché non potevo sopportare un altro viaggio nell'auto infernale di Dovlatov.

L'amante che ti amava ti salutava deluso dell'oggi ma sperando nei nostri domani. Mentre mi inchinavo le tue dita premettero sulle mie per trattenermi. Alzai il capo e lessi sulle tue labbra: «Aspettami domani». Le due parole senza suono scoccarono nella mia mente come un dardo. Olga Cerkassij ci stava guardando sorridendo; la sua civetteria le impediva però di portare gli occhialini e non vedeva nulla. Senza aggiungere altro, mi sono allontanato in fretta verso l'uscita, prima che qualcosa potesse cambiare il senso delle tue due parole che mi tenevo strette.

Attraversando l'immenso vestibolo dovevo sembrare il trionfatore di chissà quali battaglie perché il vecchio Vaska nel salutarmi si irrigidì d'istinto sull'attenti. Lo avvertii che non ero il colonnello Levin, lui replicò serio che sapeva benissimo chi ero. Il loggiato splendeva innaturale sotto le nuove lampade a elettricità. Io correvo verso le stelle.

15

Poche ore dopo, il nero della notte si sciolse e dall'orizzonte della distesa dei campi il pallore grigiazzurro dell'alba invase il cielo. Venere impallidiva all'avanzare dell'aurora. Il domani era oltre la luce blu disegnata sulla cresta dei monti. Scambiai per sogno lo scalpitio di zoccoli sulla ghiaia del giardino e per voci della notte il suono dei tuoi passi lievi e frettolosi, ma quando i piccoli tocchi sulla porta risuonarono nella casa come il beccare di un picchio, capii che era vero. Tu eri da me, concreta e cara, in un silenzio irreale interrotto dai primi suoni dell'alba. La rugiada brillava sui tuoi capelli illuminandoti la pelle arrossata dalla corsa. Eri gelata dal freddo, le tue mani mi stringevano forte. Chiusi gli occhi, riconoscevo il profumo che veniva da te e il tepore della tua fronte, ti tenevo vicina, non dicevo nulla, ti avevo.

Hai tolto il mantello di pelliccia, sfilato i guanti, ho acceso il fuoco, cercato qualcosa di mio per scaldarti mentre le fiamme crescevano attorno ai ciocchi di legno. Ancora una volta eravamo nel meraviglioso indicibile che ci stordiva, l'uno contro l'altra. Un indicibile per il quale altri, uguali a noi, avevano potuto morire, uccidere ed essere uccisi e avevano avuto ragione a farlo. Per la prima volta non ci sentivamo sicuri dell'amore che avevamo. E tu finalmente potevi piangere su di me perché io ora ero capace di reggere tutto il tuo dolore diventato mio, e superarlo. Un senso di bene e di pace ci invadeva. Ero certo, un'aura buona ci avrebbe accompagnati per sempre, avremmo avuto tante albe come quella che sorgeva oltre i vetri umidi di brina e saremmo invecchiati insieme. Doveva essere così. Io ti amavo, tu mi amavi. Seguivo con le dita la linea delle tue sopracciglia, i tuoi occhi non si staccavano da me lottando contro il sonno. Cademmo addormentati l'uno sull'altra. Mai eri stata così buona con me, mai lo ero stato io. Le nostre parole di allora sono fissate nell'Infinito.

Al nostro risveglio il sole era alto da tempo, ma offuscato dalle prime nebbie umide dell'autunno inoltrato. «La prossima volta promettimi che non dovrò più tornare indietro», mi hai detto sciogliendoti dal mio ultimo abbraccio. Sento ancora la musica della tua voce mentre pronunci queste parole e ti volti verso di me prima di montare a cavallo. Il tuo volto ha i colori del giorno chiaro e i tuoi occhi la luce dell'incanto. Ho promesso, e mentre promettevo ancora una volta qualcuno diceva al mio orecchio: "Non lasciarla andare, portala via adesso. Guarda come è bella! Fuggite, è questo il tempo".

Allora ti ho fermata. «Partiamo ora», ho detto, «inutile aspettare ancora».

«Sei pazzo, ci scoprirebbero in poche ore, e Karamzin è capace di farti arrestare». Mi riempivi di baci e sorridevi.

Dovevamo solo aspettare qualche giorno, l'indomani Karamzin sarebbe ripartito per la Crimea. Non lo dava a vedere, ma le procedure del titolo comitale lo tenevano sulle spine e sapeva che Livadija era il posto giusto per vigilare sugli ultimi ingranaggi di quello che adesso era diventato per lui l'affare più importante.

«Non temere Stepán, noi saremo felici», hai detto prima di sfuggirmi via. Restai a guardarti fino a quando il mio orecchio riuscì a sentire l'eco inconfondibile degli zoccoli del tuo cavallo. Ancora pochi giorni.

La nostra ruota girava velocemente. Nel biglietto che ero riuscito a passarti il giorno della festa, erano descritte le tappe del nostro destino. Immagino lo conoscessi a memoria, disegnando nella tua mente ogni dettaglio e ogni momento di noi due accanto, finalmente liberi.

Mentre Karamzin era in Crimea, tu avresti finto con Vaska e i domestici di tornare a Pietroburgo; invece, con Juri, mi avresti raggiunto nella casa del farmacista dove ti attendevo con una carrozza chiusa fatta acquistare in un villaggio vicino a E**** e una coppia di cavalli pronti.

Avremmo dormito la prima notte nel casotto di caccia di un amico vicino a Mosca. Il treno lo avremmo preso a Varsavia, avremmo viaggiato come signore e signora Hessel, quindi avremmo raggiunto Vienna e poi Parigi. Nel frattempo ero riuscito a vendere le poche cose che possedevo e preparato il mio bagaglio; i tuoi gioielli erano tutti con me, il tuo ritratto insieme a tua madre protetto da un velluto verde e messo accanto ai miei libri più cari, chiusi in una cassa. Nessuno, a parte il marchese de La Mole, sapeva della mia partenza, nessuno poteva immaginare che Hélèna Arkàdjevna Karamzina stava per lasciare un marito ricco e potente per seguire un giovane di ventidue anni, senza un soldo.

Pochi giorni prima avevo chiesto al mio banchiere due fedi di credito. Le due pergamene ripiegate mi vennero consegnate nel silenzio più assoluto da un giovane impiegato dalla fronte stempiata che ostentava così l'apprezzata discrezione del suo ufficio. La cifra, scritta in caratteri gotici, rappresentava la liquidazione di tutte le mie ricchezze, lievitate in modo ragguardevole grazie al compenso Cerkassij e a ciò che ero riuscito a strappare a Dubac e a tuo marito. La piccola fortuna ci avrebbe garantito almeno due anni senza pensieri e ci permetteva di sistemarci a Parigi con un certo agio.

Mi recai a salutare mia madre, alla quale avevo parlato della mia partenza per l'Europa come un viaggio di piacere per visitare l'Italia e la Grecia. Lei mi abbracciò piangendo, mentre io non riuscivo a calmarla. Poi si sfilò dalle dita il suo anello più prezioso dicendomi: «È per lei».

A Dovlatov avevo assicurato la mia presenza alla Commissione sugli allogeni fissata quattro giorni dopo la nostra partenza. Dopo la mia indignazione per il comportamento di Dubac, avevo detto al mio anziano collega che non avevo più nessuna intenzione di recarmi nella corrotta Francia e che sarei rimasto legato alla Russia e a Pietroburgo tutta la vita. Quando Dovlatov avrebbe scoperto la mia assenza, noi ci saremmo trovati al sicuro e ignoti oltre Varsavia sulla strada per Vienna.

La nostra fuga d'amore avrebbe fatto grande scandalo e della nostra storia si sarebbe parlato per anni. Ma poco ci importava anche se un po' me ne compiacevo. Eravamo giovani, il fuoco che ci bruciava incendiava le nostre vite e il sogno di noi sul treno in corsa per Parigi riempiva tutte le mie notti.

Negli ultimi giorni prima della partenza, mi hanno raccontato, eri tranquilla: una volta presa la decisione, per te tutto doveva succedere con ovvia prevedibilità. Non temevi la reazione di Nikolaj Aleksàndrovic, eri certa che non ti avrebbe dato il divorzio, e questo ti rendeva più libera nel decidere. Avevi la forza di quelli che non hanno nessuna speranza e una sola via per salvarsi.

«Non c'è bisogno di divorzio, né di matrimonio. In Francia, dove nessuno conosce Hélèna Arkàdjevna e Stepán Dmitrievič, sarà facile per noi passare per due giovani sposi», mi avevi consolato spesso. Aggiungevi poi di aver conosciuto abbastanza le catene del matrimonio per detestarlo e non volerlo più. Io invece speravo che il divorzio sarebbe arrivato più in fretta del previsto, contando sui sentimenti più nascosti di Karamzin. Di fronte al fatto inequivocabile della nostra fuga, associato alla prospettiva di essere a sua volta libero, lui, ne ero certo, si sarebbe risolto a rinunciare a te. Nel frattempo – calcolavo conoscendo bene il nostro mondo più di lui – avrebbe scoperto che persino l'ingessata società russa alla fine sa trovare in un uomo decisamente ricco qualche qualità necessaria per accoglierlo, chiudendo gli occhi su tutto il resto. Così, dopo il primo momento di rabbia per essere stato tradito, e anche beffato, tuo marito non avrebbe tardato a capire che gli avevamo fatto un favore. Davanti allo Zar e per tutti i salotti ai quali teneva, lui sarebbe stato la vittima da compiangere, noi i colpevoli da biasimare e dimenticare in fretta. Una volta lasciata passare un po' d'acqua sotto i ponti, forse avrebbe potuto persino convincersi di poter sposare Irina.

Prima della partenza passai dalle baronessine Cerkassij. In un momento di estrema confidenza, favorita dal rosolio, Olga si lasciò andare a una confessione pericolosa: disse che lei e sua sorella avevano sperato che alla fine io avrei liberato tutta E**** dalla presenza di Karamzin. Caterina aveva avuto per prima l'idea di mettermi in mano i due revolver, certa che io li avrei usati contro tuo marito quando ci avrebbe scoperti in flagrante adulterio. Le due signorine non sapevano ancora spiegarsi come il loro piano non avesse funzionato. Fin dalla prima sera, nella quale Olga e Caterina ci avevano visti insieme, erano state certe di una nostra relazione e avevano passato l'estate aspettando di sentire echeggiare il suono dei colpi di pistola.

Io mi scusai per averle deluse. Loro mi diedero atto di essersi sbagliate su di noi e di essersi sbagliate anche su Karamzin che alla fine – dicevano – restava sempre il ragazzo di stalla che avevano conosciuto. Povere baronessine, odiavano tuo marito di un odio antico del quale esse stesse avevano perduto i motivi originari; la vecchia causa per quel feudo occupato quando loro erano bambine aveva fornito solo una facciata di comprensibilità a quell'astio e fatto dimenticare i motivi. Ora che Karamzin aveva sistemato le apparenze, si sentivano sconfitte e, devo dire, in un certo modo anch'io le vedevo così.

Nei loro abiti antichi e fuori moda, con il loro francese rubato al duca di Saint-Simon, deploravano la nostra epoca dove le passioni vengono vissute con saggezza e discrezione e disprezzavano soprattutto i giovani che quelle passioni ormai non sanno più vivere. Olga – che non voleva arrendersi perché, diceva, eravamo proprio una coppia romantica – mi chiese se proprio nulla ci fosse stato fra noi, nemmeno di platonico. A malincuore dovetti anche su questo punto teorico non arretrare di un passo, ma dovevo avere l'aria troppo divertita, perché Olga non si convinse. Le lasciai esprimendo la speranza di poter essere presto perdonato da loro: a queste mie ultime parole i loro volti di maiolica brillarono.

La notte prima della nostra partenza ho fatto uno strano sogno. C'era un treno in corsa, lo osservavo da una collina ma nello stesso tempo ci viaggiavo dentro. Ti cerco nelle vetture. Entro negli scompartimenti, incrocio volti di sconosciuti, ma tu non ci sei. Passo da un vagone all'altro, la mia ricerca diventa sempre più affannosa, arrivo alla testa del convoglio, torno indietro, incontro il capotreno ma non ho il coraggio di chiedere se abbia visto una signora in abito blu. Riprendo a guardare con metodo, uno a uno, tutti i volti dei viaggiatori, fra questi riconosco le signorine Cerkassij, che mi salutano. Le saluto a mia volta frettolosamente e vado avanti. A un tratto, in una carrozza vuota, vedo Karamzin vestito con gli stessi abiti da caccia che indossava la mattina della nostra prima gita al castello, è comodamente seduto occupando due posti, la schiena al finestrino, sta sfogliando un giornale. Alza il viso verso di me, mi saluta, mi invita a sedere nel suo scompartimento, accetto, mi offre un *sigarillo*. «Avete visto mia moglie?», chiede. «Pensavo fosse con voi», rispondo sbadatamente. «Bugiardo!», grida lui, si alza e mi schiaffeggia. Io mi difendo, mi libero, torno ancora a cercarti. A un tratto si sente un rumore di ferro che sbatte, corro per vedere: è lo sportello della carrozza che oscilla, aperto sul vuoto, qualcuno ha sganciato la maniglia. Da fuori entra il fumo denso e acre della locomotiva, il corridoio ne è pieno. Con tutte le mie forze cerco di afferrare lo sportello e chiuderlo, finalmente ci riesco, lo sbatto con violenza. Il colpo mi sveglia. È mattino.

Il cielo è caliginoso, da oriente si fa avanti una luce pallida che entra dai vetri delle finestre e dagli stipiti delle porte. Ancora poche ore – penso – e tutti i brutti sogni verranno sconfitti. Preparo il caffè, chiudo le valige, la carrozza chiusa che ho fatto acquistare e che tengo nascosta dal giorno prima, è pronta. Guardo l'orto incolto, la ghiaia dove quella notte hanno risuonato gli zoccoli del tuo cavallo, il tiro a segno contro il quale ho ammazzato il tempo con due inutili revolver. Il sole finalmente sale, puntuale e onnipotente, la luce si fa più sicura. Anch'io.

16

La mattina della nostra “disparizione” Juri attendeva. Misurava a lunghi passi veloci il percorso fra il loggiato e l’ingresso della villa dove era pronto il carrozzino con i tuoi bagagli. Il ragazzo selvatico fiutava l’aria; non aveva mai avuto un orologio ma sapeva misurare il tempo in modo infallibile e sentiva che non c’erano minuti da perdere. Unico corpo in moto nell’aria ferma, andava su e giù per i gradini di pietra bianca; non si faceva ingannare dall’atmosfera placida della villa che si andava risvegliando in un giorno di fine ottobre. I suoi occhi erano costantemente puntati sul fondo della curva dove dietro una grande siepe spariva il sentiero che portava al cancello; lì, oltre quell’ansa ancora coperta dall’ombra della notte, era la falla da dove poteva arrivare il nemico dal quale la signora fuggiva, e solo là, oltre la linea della siepe, lo capiva bene, tu saresti stata al sicuro.

Uno stormo di anatre selvatiche si alzò dal bosco sulla collina ad occidente e attraversò veloce il cielo; il volto di Juri si oscurò: non si erano sentite voci di cacciatori, né spari, né latrati di cani che giustificassero quel movimento improvviso di ali impaurite. Tese l'orecchio: da est il vento portava l'eco di sordi colpi di ascia che risuonavano monotoni da un bosco vicino, ma ciò che spaventava le anatre si produceva a nord, a una *versta* di distanza o poco meno. Nell'aria tersa, si staccava sempre più netto il rumore delle ruote di una carrozza e degli zoccoli dei cavalli sulla strada. Poco dopo, la sagoma nera di un cocchiere in cassetta si disegnò in fondo all'imboccatura della curva, sempre più nitida e riconoscibile. Il ragazzo selvaggio entrò nel vestibolo urlando: «Sta arrivando la carrozza di sua Eccellenza!».

Vaska lo guardò meravigliato, non capiva tanta agitazione e lo rimproverò con gli occhi per aver urlato a quel modo. Tante volte, poi Juri mi avrebbe raccontato, e raccontato ancora quel momento, quando ti era corso incontro pronto ad afferrarti con tutte le sue forze, issarti sul carrozzino, mettersi a cassetta e correre via. Ma tu gli hai detto con calma allegria: «Bene Juri, saluterò sua Eccellenza e partiremo. Va fuori e aspettami». Tutto era dunque normale per i signori, lui non doveva preoccuparsi, era stato sciocco, si vergognò, quindi obbedì e tornò fuori a tormentare coi piedi il ghiaietto attorno al carrozzino.

Arrivando, Nikolaj Aleksàndrovic aveva visto il tuo coupé pronto, ne aveva dedotto che dovevi essere già sveglia, questo lo mise di buon umore, perché voleva parlarti subito e non avrebbe dovuto attenderti. Per carattere, e per consuetudine a una vita che aveva deviato ogni tuo programma, tu avevi calcolato anche l'imprevisto di incontrare tuo marito all'ultimo momento ed eri pronta ad oltrepassare l'ultimo ostacolo con qualche scusa.

Immagino il tuo viso con lo sguardo fermo e la piccola ruga in mezzo alla fronte che si disegna più nettamente mentre gli vai incontro con il sorriso benevolo che in società hai sempre nei suoi confronti. Ora sei più forte di un tempo. La paura di

Karamzin e tutti i sentimenti cattivi verso di lui si sono assopiti in quei mesi di amore per me. Hai già deciso: se ti costringerà gli dirai tutto: "Lo amo, vado da lui". E così, semplicemente, la gabbia si aprirà.

Vi incontraste nel vestibolo. Dapprima lui non notò il tuo abito, più adatto a un lungo viaggio che a una gita. Toltosi da solo il soprabito – non si era mai risolto a lasciare quell'incombenza a un domestico – Karamzin volle parlarti conducendoti in uno dei salottini.

«Tutto è stato rimandato», esordì bruscamente. «L'ho saputo appena arrivato a Mosca, ed è perfettamente inutile che io faccia questo viaggio in Crimea». Era deluso: il titolo di conte, sicuro in estate, in autunno era tornato incerto.

«Bisogna avere pazienza, Nikolaj». Da poco avevi preso a chiamarlo solo per nome e risentirtelo dire gli piacque. «Lo Zar e il granduca Michele sanno quanto vale Karamzin per la Russia. Lasciate che il tempo faccia il suo lavoro».

«Siete buona, Hélèna Arkàdjevna», ti disse baciandoti la mano.

Eri buona, te ne rendevi conto anche tu, ma volevi chiudere in fretta la vostra conversazione, e correre da me. A questo serviva l'esortazione alla pazienza e al lasciar fare al tempo, ma con Karamzin le armi usate dagli indifferenti non funzionavano. Trovandoti così comprensiva – in realtà quello che più aveva temuto era proprio il tuo disappunto che invece non c'era stato –, sentendoti amica, cominciò a illustrarti nuove tattiche per raggiungere il suo obiettivo. Il tempo passava, te lo ricordavano la pendola e l'ombra di Juri dietro i vetri della grande vetrata dell'ingresso. Fosti costretta a far notare a tuo marito che avevi fretta di partire.

«Partite? Per dove?», chiese allora ponendo questa volta attenzione al tuo abito e ricordandosi di aver intravisto dei bagagli sul tuo coupé.

«Torno a Pietroburgo», hai risposto alzandoti e avviandoti verso la porta del salottino.

«Io arrivo e voi partite», disse con tono sconsolato, attaccandosi all'inopportunità della tua partenza in un momento così difficile per lui. Avrebbe voluto dire: "Ho bisogno di voi", ma non poteva farlo perché il suo istinto gli diceva che sarebbe stato inutile e si sarebbe solo dimostrato debole davanti a te, senza ottenere nulla in cambio.

«Così accade, amico mio: io parto e voi arrivate», gli hai risposto aprendo la porta del salottino. «Raggiungetemi a Pietroburgo, se vi fa piacere e se nulla di più importante vi trattiene qui», hai aggiunto girandoti, mettendo molta intenzione su quell'"importante". Guardandoti attraversare la soglia, Nikolaj Aleksàndrovic rivide il confine invalicabile fra voi due. Ma ti vide anche, e per la prima volta da quando tu eri legalmente sua, deviare dal suo controllo e dalla sua volontà, sottraendoti a lui. Fermo, in piedi, restò a considerare rapidamente i nuovi fatti mentre tu passavi nel vestibolo.

Non solo lui non aveva saputo nulla del tuo ritorno a Pietroburgo, ma tu, non informandolo prima, come facevi sempre a ogni tuo movimento, non gli avevi chiesto, implicitamente, il permesso di andartene via da E****. L'eventualità che lui non fosse lì presente mentre decidevi di tornare a Pietroburgo non alleviava la tua colpa, anzi, aggravava in lui la constatazione di quanto stava accadendo. E mentre pensava tutto questo, il suo animo mutava e si contorceva, si esasperava e si torturava sapendoti oltre quella soglia. Non poteva negarlo, tu avevi violato la prima delle regole che fin dall'inizio del vostro matrimonio lui aveva stabilito per te: l'obbedienza. Questa evidenza delle cose, la tua ribellione, deve essere stata per lui un colpo più duro della notizia del titolo sfumato. Tuttavia desiderò che il tuo errore potesse essere cancellato e sparire, riportandovi a poco prima, per questo si sentiva pronto a ignorare e comprendere tutto.

«Avete nostalgia della città», osservò conciliante raggiungendoti nell'immenso ingresso, diventato d'un tratto vuoto e silenzioso. Forse si poteva ancora risolvere l'incidente.

«Non proprio nostalgia, ma qui mi viene noia ed ero stanca di aspettarvi», rispondesti fermandoti a rimirarti davanti a uno dei grandi specchi del vestibolo fingendo di sistemarti il cappellino. Mentre abbozzavi così un bisticcio da sposati, contando poi sui reciproci orgogli per andartene senza troppe spiegazioni, avevi riacquistato il tono altero che lui conosceva bene, dal quale percepiva il fastidio che provavi nel dover trattare ancora con lui.

La tua calma lo colpì: si rese conto in quel momento, vedendovi entrambi riflessi negli specchi, che non eri più la fanciulla sedicenne che aveva sposato, eri più alta di come apparivi nelle foto del vostro matrimonio, e lo vedeva solo ora. Per la prima volta in vita sua Karamzin si trovava di fronte una donna che parlava, voleva e agiva; e capì che quella donna poteva essere temibile per lui. Senza nemmeno accorgersene divenne suadente e umile.

«Vi ho trascurata, ma ora sono tornato; restate. Domani, se vorrete ancora, torneremo in città assieme», disse avvicinandosi alle tue spalle. Karamzin non lasciava mai una preda. Tu hai smesso di fingere d'aggiustarti il cappellino e ti sei voltata verso di lui, studiandolo.

Per la prima volta la sua voce aveva dismesso l'ombra aspra e autoritaria che era la sua caratteristica, ma lo conoscevi troppo bene per non sapere che la sua cortesia, come quella di tutti i borghesi, era sempre una trappola. E sapevi anche che il tempo giocava a tuo svantaggio: più restavi in quella casa, più perdevi forza per andartene, mentre lui l'acquistava per trattenerti.

«Troppo tardi», tagliasti corto, proseguendo nel tono del bisticcio domestico. «La principessa Proskinzaja mi ha invitato per una partita di croquet e io non intendo rinunciarci».

«Ah capisco», disse prendendo il tono canzonatorio che usava quando voleva essere ironico, «il vostro Stepán *chéri* è tornato a Pietroburgo, e adesso voi qui vi annoiate e vorreste corrergli dietro».

Udire il mio nome uscire dalla sua bocca con un'allusione squallida ebbe l'effetto voluto. Ti sei fermata ancora, lo hai guardato offesa. Lui tentò il suo affondo.

«Correte, correte pure da lui! Spero almeno vi abbia detto che vuole lasciarci e andare a Parigi».

Sei impallidita; la tua calma, che tanto vantaggio ti aveva dato su di lui fino a quel momento, s'incrinò. Lui ne approfittò.

«Ah ah, non lo sapevate, vedo. Lui non ve l'ha detto!», esclamò. «E sì che lo avevo pregato di usare tatto con voi, sapevo vi sarebbe dispiaciuto», aggiunse trionfante. Ma il tuo labbro superiore tremava e in quell'attimo capì tutto, tutto ciò che si era rifiutato di capire da mesi. Non che Karamzin non avesse previsto un'ipotesi così banale, ma non con questi effetti incontrollabili su di voi.

La meschina rivincita si era trasformata in un colpo doloroso. Tu hai distolto lo sguardo da lui, come si fa con le cose che non si vogliono guardare e ti sei allontanata verso la grande porta a vetri. La tua schiena dritta, le tue spalle perfette, per possedere le quali ci vogliono generazioni di donne e di uomini ignari di pesi e di fatiche, educati all'orgoglio di sé, il tuo incedere che si distingueva ovunque, lo umiliarono ancora più della gelosia che aveva sentito così prepotente e che lo dominava. Sua moglie, la donna che aveva creduto in suo potere e che forse aveva anche amato in una qualche forma, gli voltava le spalle, gli disobbediva senza mostrare timore né emozione. Karamzin non poteva accettare anche questo insulto dopo quello subito a Mosca. Mentre ti vedeva sfuggirgli, la sua ira montava sugli argini eretti dalla convenienza e dalla ragione, una ragione che ora però gli faceva capire che ero stato io, un altro uomo, a traviarti, a montarti la testa, dandoti il coraggio di fare a tuo piacimento, come se tu non fossi più sua. Questa conclusione ineccepibile, prima lo esasperò, poi lo convinse che sarebbe stato giusto punirti, perché lui soffriva indicibilmente, ed era giusto che anche tu soffrissi.

Tu eri quasi alla grande porta a vetri che dava sull'esterno e che quella mattina, per il freddo, era ancora chiusa. Vaska, presentatosi sul vestibolo per aprirla, ti vide mentre arrivavi e vide Karamzin dietro di te. Il vecchio portinaio stava ritto come impietrito, la mano sulla maniglia, combattuto fra due ordini muti, ugualmente imperiosi e opposti. "Tieni chiusa la porta", gli dicevano gli occhi di Karamzin. "Apritela", ordinava il tuo sguardo.

All'improvviso, Nikolaj Aleksàndrovic col viso rosso, le mascelle contratte e i denti che mordevano il labbro, aveva afferrato un candeliere a due braccia. Se lo avessi guardato mentre incombeva alle tue spalle, avresti visto la belva che si impadroniva di lui, il suo viso sconvolto, la mandibola che tremava, i suoi ultimi tentativi di dominare un'ira mai provata prima. Finalmente c'era qualcosa di vero fra voi e ne era ebbro. Scagliò il candeliere contro di te colpendoti alla schiena. Vacillasti, lanciando un grido subito represso, per non darla vinta al nemico e per non fargli capire quanto ti aveva fatto male. Davanti al mostro il buon Vaska aprì di colpo la pesante porta per permetterti di uscire. Tu hai raddrizzando la schiena e hai continuato ad avanzare verso l'uscita senza voltarti. Il soffio d'aria fredda che entrava ti diede la forza di fare ancora qualche passo ma il colpo ricevuto e la lunga gonna ti impedirono di affrettarti.

Intanto il tuo unico grido e i rumori avevano richiamato la tua cameriera e gli altri domestici. Uomini e donne, arrivati di corsa, si fermarono però alle soglie del grande vestibolo, increduli e incapaci di agire; restavano esterrefatti e spaventati negli imbotti delle porte, incerti se metter piede su quella scena che li avrebbe poi tormentati tutta la vita. Lui era uno, e loro erano almeno in sei uomini, ma lui era Karamzin, il loro padrone, lui era il marito, e tu la moglie.

Nikolaj Aleksàndrovic balzò in avanti e ti afferrò per un braccio. Il tuo cappellino cadde.

«Lasciatemi. Voglio andare via, non voglio più star qui!», urlasti cercando di divincolarti.

«Lasciatela!», gridò Juri entrando precipitosamente. «È una donna», aggiunse, adducendo la ragione che pensava sopra di tutte avrebbe dovuto fermare il mostro, ma tuo marito non sentiva più nulla.

«Non puoi andartene, non te ne andrai mai, finché non ti caccerò io», urlò.

Con gli occhi pieni d'odio, ti torse il braccio, voleva piegarti per terra, ma tu gli resistevi. Juri gli si lanciò contro.

«Ragione, Eccellenza, ragione», implorò il vecchio maggiordomo mentre teneva ancora la porta aperta.

Tu resistevi, ma le forze venivano meno mentre vedevi dal suo viso che qualcosa di bestiale si produceva in lui. Entrambi sapevate che si era arrivati a un punto oltre il quale non si poteva più tornare indietro. Il senso di inferiorità del figlio del fattore trovava finalmente la sua rivalsa nella violenza e nella certezza di poterti annientare. Solo così Karamzin poteva rompere la lastra di cristallo che tu avevi eretto contro di lui, curvando la tua nobile schiena, riducendoti ai suoi piedi e questo ora lo esaltava fino al piacere.

«Lasciatemi, vi ho detto!», ordinasti con tutta la forza di cui potevi essere ancora capace in quel momento. «Voglio andare via. Voglio il divorzio».

La parola divorzio distrusse ogni ultima remora rimasta. Con un gesto furente Karamzin si liberò di Juri buttandolo a terra, afferrò l'altro tuo braccio e ti scagliò contro un mobile.

«Che razza di divorzio speri di avere tu?», ti disse guardandoti a terra. «Tu che sei diventata l'amante di un servo, pagato da tuo marito? Ti caccerò di casa. Sarai ripudiata!». Non so se la parola "ripudio" gli venne lì per lì, al colmo dell'esasperazione, o fu lo svelamento di una delle sue tante trappole, tenuta in un cassetto per usarla al momento giusto, ma che ora precipitava e gli sfuggiva di mano.

«Ripudiatemi. Così sarete libero di tornare da quella donna». Iniziasti a tossire.

L'evocazione di Irina accecò Karamzin che si lanciò su di te afferrandoti il collo con le mani. «Povera Hélèna», ti disse standoti addosso con voce spaventevole e calma, «pensavo di avertelo già detto: io ti ho comprata per quello che mi sei utile, e resterai qui finché lo decido io. Che venga lui a prenderti, che venga e troverà me».

In quel momento io stavo in piedi fuori dal cancello, inquieto perché ancora non vedevo profilarsi il tuo *tilbury* sul fondo della strada, e cercavo di calmarmi pensando che una signora ha sempre qualche oggetto irrinunciabile che la costringe a tornare indietro. Nella stalla uno dei cavalli nitriva, innervosito da qualcosa. Da est risuonavano per i campi i colpi d'ascia portati dal vento, era il bosco che Karamzin faceva tagliare per far spazio alla linea ferroviaria di Mosca collegandola alle sue miniere di E*** che lo avrebbero reso più potente dello Zar.

Lontano da me, tu lottavi contro di lui. Juri, saltatogli addosso, gli afferrò il collo serrandolo nell'incavo del gomito, lo costrinse a staccarsi da te e lo gettò a terra.

«Vai in cassetta, ora partiamo», ordinasti a Juri mentre Vaska ti aiutava ad alzarti.

«No, non vi lascio!», rispose il ragazzo selvaggio, rosso in viso e con le labbra tremanti mentre vedeva il tuo corpetto che si copriva di sangue. Nella concitazione tu non ti eri accorta della ferita e non sentivi nemmeno dolore. Tutti i tuoi sensi si erano proiettati oltre la porta da dove veniva l'aria fresca che volevi respirare e la luce del sole. Aiutata da Juri attraversasti lentamente il grande portone verso il vento profumato e il tepore del giorno.

Karamzin si rialzò, afferrò da un tavolo un tagliacarte a forma di pugnale. Solo di fronte a una lama e a un delitto prossimo ed evidente, Vaska e tutti gli uomini si lanciarono contro tuo marito. «Eccellenza, vi si vuole impedire un crimine», disse qualcuno col tono di chi si giustifica mentre Karamzin si dibatteva con tutte le sue forze, tenuto da otto, dieci braccia.

Giunta sul loggiato le forze ti abbandonarono. Juri ti sollevò prendendoti in braccio e ti distese sul calesse, schioccò la frusta e partì.

«Fermatela!», urlava Karamzin mentre continuava a dibattersi fulminando con lo sguardo i servi fatti suoi carcerieri. «Vi ordino...», disse in un estremo spasimo, ma non poté finire la frase e stramazzò a terra come un cavallo al quale è scoppiato il cuore.

Ricordo come fosse oggi, come fosse qui, l'ombra del carrozzino in fondo alla strada e la mia gioia improvvisa perché avevo finalmente tutto. Sento ancora in me lo slancio con cui ti sono corso incontro sulla strada. E non dimentico l'istante dopo, quando mi stupì l'andatura lenta del calesse che attribuii a un'astuzia di Juri per non farsi notare. Mi tormento ancora, e l'ho fatto fino alla disperazione, perché non ho mai capito come, nei minuti infernali di quella mattina, io non abbia provato nessun presentimento, nessun sospetto di ciò che ti stava accadendo, e sono rimasto a passeggiare davanti al cancello sognando Parigi e la nostra vita di amanti felici.

Avvicinandomi al calesse la realtà mi balzò addosso. Tu non c'eri, il sedile era vuoto. Juri pallidissimo fermò il cavallo, piangeva. «Karamzin, Karamzin, l'ha uccisa», diceva singhiozzando. Aprii disperato lo sportello del *tilbury*: eri distesa sul sedile, non ti muovevi, non parlavi, tenevi le mani raccolte sul petto, avevi il corpetto sporco di sangue, ma eri viva e respiravi ancora. A passo lento, Juri ci portò tutti e due a casa.

Quando ti abbiamo distesa sul mio letto, vidi bene cosa ti aveva fatto quell'uomo e ho cercato di fermare il sangue che usciva dalle ferite.

«Va' a chiamare il medico», ho detto a Juri.

«Il medico non serve più», hai mormorato afferrandomi il braccio. «Voglio solo te qui».

Ma Juri partì lo stesso. Ho cercato di curarti come potevo: scaldavo le tue mani, stringevo le bende per arrestare il sangue e ti baciavo per impedirti di addormentarti. Nel tuo sguardo, l'anima andava e veniva attratta dalla morte e contro lei, lottai e pregai per tenerti con me. Ma dalle tre ferite – una sulla spalla, una sotto la costola e l'altra alla nuca – la tua vita se ne andava a fiotti. Nella furia di Karamzin e nella concitazione nessuno si era reso conto dello scempio fatto su di te mentre lottavi per non perdere il nostro appuntamento.

La mia vergogna non avrà mai fine e, mentre vedevo le tue braccia e il tuo bel viso martoriato, mi accusavo: fossi venuto io a prenderti cosa avrebbe potuto farmi lui? Perché avevo lasciato che tutto il rischio ricadesse su chi amavo più della vita? Così detestavo me stesso più del tuo assassino. Poi mi avrebbero chiamato eroe, ma non sapevano che il mio era solo il coraggio di un uomo che voleva morire, nè potevano immaginare quanto fossi stato pusillanime e cieco nel solo momento in cui avrei dovuto dimostrare coraggio e spirito d'attacco. Il grande combattente, capace di tenere gli avamposti, di ritirarsi con ordine per riattaccare a sorpresa, non aveva saputo prevedere nell'estate del 1913 il rientro di Karamzin dalla Crimea, non aveva saputo difendere la sola cosa per la quale avrebbe voluto poter morire.

Così la nostra clessidra si consumava al ritmo del tuo respiro che si faceva rado e io ti tenevo fra le braccia e avrei voluto darti tutto in un momento. Ora mi veniva facile usare tutte le parole mai pronunciate, le più dolci e le più stupide, inanellate disperatamente, per tenerti in vita, perché si riaccendesse la nostra luce nei tuoi occhi. Solo allora trovai il coraggio di raccontarti come mi eri apparsa la prima volta, prima di tutto, fra il bianco della Neva ghiacciata, su una slitta lanciata a inseguire il vento; come restassi ammutolito, davanti all'elegante figura della giovane donna rapita dal piacere della corsa, avvolta da uno zibellino nero dal quale spuntava un volto candido, le guance arrossate dal freddo e le labbra schiuse in un sorriso gioioso. Distrattamente quella visione fugace aveva posato su di me due occhi limpidi e neri prima di sparire. Per più di un anno avevo trattenuto nella memoria ogni dettaglio della bellissima signora ignota, nella speranza di rincontrarla un giorno. Gli Dèi poi mi avevano esaudito, ma come tutti noi Greci sappiamo, quando gli Dèi esaudiscono i nostri desideri lo fanno solo per punirci.

E adesso che sentivo il vuoto inghiottirci avrei voluto chiederti perdono per tutti i peccati commessi contro di te, per l'ironia, i sotterfugi, le crudeltà. Per come mi ero ingegnato a farti credere che tu non eri che un divertimento e invece ti desideravo tanto da soffrirne. «Non dirmi, Stepán, le cose che io so», mi hai fermato premendo le tue dita sulle mie labbra. «Io ti ho amato, tu mi hai amato e questo è tutto. Dimmi piuttosto le cose semplici che mi diresti fra vent'anni e che io non potrò mai ascoltare, le piccole cose senza importanza che un marito dice alla moglie la sera quando tutto è tranquillo e loro due sanno di essere felici e non hanno bisogno di dirselo...».

Ti raccontai allora di quella mattina della mia infanzia, quando ero andato a cacciar anatre con mio nonno, ti dissi della luce del mattino, dell'erba bagnata e di come fosse bello pestare la fanghiglia della palude con gli stivali. In quel bambino che ero stato, vedevamo un altro bambino, il nostro amore perfetto, giocare fra le canne della riva paludosa, felice, rivestito della luce dell'alba; era il figlio che non ci sarebbe mai stato ma che in quell'attimo vedemmo e amammo.

Le tue carezze erano deboli, il respiro stanco. La tua anima se ne andava e la mia non poteva seguirla. Ti perdevo e non avevo nessun mezzo per oppormi. Non avrei più rivisto il corpo delizioso, le mani bianche dalle unghie a mandorla, il piedino che amava disegnare piccoli cerchi concentrici quando eravamo in silenzio. Non più il nero celestiale dei tuoi sguardi che mi lasciavano intravedere l'infinito misterioso ed eterno che bisogna ci sia, perché *Lì* ci siamo dati un nuovo appuntamento meno effimero di Parigi.

Il tuo ultimo sussulto contro il mio petto mi spezzò il cuore per sempre. Restai così, abbracciato a te non so quanto tempo. Non riuscivo a lasciarti, volevo seguirti ovunque tu fossi andata. Volevo uccidermi, ma prima dovevo uccidere lui per vendicarti. Solo l'idea di ammazzare Karamzin mi tenne in vita in quelle prime ore.

«A presto, cara», ti dissi staccandomi da te.

Fra i bagagli presi i due revolver: li caricai e uscii. In fretta staccai il cavallo dalla carrozza. In quel momento Juri arrivava con il farmacista. Non era riuscito a trovare Sponka.

«Non fare entrare quest'uomo in casa! Ormai è inutile», urlai a Juri. «Chiuditi dentro e stai con lei finché non sarò tornato».

Juri annuì: aveva visto le due pistole nelle tasche del mio soprabito.

«Dove correte?». Anche il farmacista le aveva viste, cercò di fermarmi mentre montavo a cavallo. Gli puntai dritto uno dei revolver, lui mollò le redini. Partii al galoppo.

Nikolaj Aleksàndrovic Karamzin era sotto il loggiato, accasciato su una poltrona. Lo vidi subito appena piombai dal viale principale della villa. Mi sembrò un sacco di sementi sul quale vigilavano due uomini: uno era Vaska, l'altro – lo riconobbi dopo – era Alessio Sponka.

Non appena il rumore degli zoccoli del mio cavallo risuonò fino al loggiato, il sacco si alzò e divenne un uomo, dritto e sicuro. Dal cavallo in corsa sparai un primo colpo che andò a vuoto, ma ebbe il merito di liberare Karamzin da Vaska e Sponka. Davanti alla canna di una pistola, i due uomini scapparono come lepri. Karamzin invece restò ritto, imperterrito come una colonna, poi con un movimento lento, affettando di ignorarmi, indugiò a guardare a destra e a sinistra la verde distesa del giardino all'inglese che si spandeva ai lati del sentiero. Così, mirando il suo regno, con un'andatura sempre imperturbabile, scese alcuni gradini del loggiato venendomi incontro con aria cortese, quasi fossi un ospite atteso.

Io mi fermai in mezzo alla spianata davanti alla loggia e scesi da cavallo. Cercai di prendere meglio la mira e sparai un'altra volta. Ma non riuscivo a tenere fermo il polso e lo colpii a una spalla. Karamzin barcollò appena, considerò la ferita col disappunto che si riserva a una macchia sul panciotto.

«Non hai mai avuto mira, principino», disse dagli ultimi gradini, mettendosi poi perfettamente nella traiettoria dritta, davanti a me.

Sempre senza fretta, alzò il braccio, aveva in mano una piccola pistola. Mi teneva sotto tiro con il braccio teso, mi lasciava tempo. Ci separavano non più di venti metri. Io sentivo la camicia bagnata dal sudore, appiccicata al mio petto e la polvere della strada penetrarmi negli occhi. Faceva freddo.

Karamzin fece una smorfia che ricordava uno dei suoi sorrisi beffardi ma che il dolore deformava. «Non hai mai colpito un'anatra, principino», disse. «Erano i ragazzi di E**** a uccidere le anatre per te. Tuo nonno li pagava perché da dietro le canne colpissero quelle che tu puntualmente mancavi», così provocandomi puntava la pistola contro di me.

Io avrei voluto avere una spada per sentire la lama affondare nel suo corpo, ma avevo solo due revolver, e potevo mancarlo ancora. Lui però non sparava. Approfittai di quel vantaggio che la sorte mi concedeva, mi lanciai contro di lui e tirai al suo cuore. Il colpo gli arrivò da forse un metro, lui crollò. Eravamo vicini, come due duellanti antichi.

Con le ultime forze che gli rimanevano mi afferrò per la camicia, tirandomi a sé: «Hai visto principino? Le due vecchie zitelle ci sono riuscite: il ragazzo che puliva le loro stalle, non sarà mai conte. Ma senza Karamzin, anche la Russia sarà finita», furono le sue ultime parole. La sua mano era rimasta attaccata alla mia camicia. Me la strappai di dosso. L'altra mano teneva ancora la piccola pistola con la quale non aveva voluto sparare: era una di quelle armi diventate di moda, facili da nascondersi addosso, ma, se ben adoperate, micidiali quanto i miei revolver. E lui, non so perché, l'aveva usata bene solo contro sé stesso. Anche nella morte Karamzin aveva saputo umiliare i Tverskòj.

Ma queste furono considerazioni di poi. In quel momento il corpo senza vita del tuo assassino fu per me una ferina soddisfazione mai più provata, nemmeno nei più sanguinari momenti della mia vita senza di te. Lui stava ai miei piedi con gli occhi aperti e io andai via. Nessuno della servitù provò a fermarmi mentre Vaska si chinava sul suo padrone.

Io tornai da te. Tu mi aspettavi ancora, come tante volte, e come altre volte ti abbracciai e carezzai. Ma questa volta il freddo si impadroniva di te, e tu non potevi rispondermi.

Qualcuno arrivò, erano armati. Senza troppe cerimonie mi staccarono dal tuo corpo, incatenarono i miei polsi e mi portarono via.

17

Come doveva essere, sono finito in prigione. Mia madre e le baronessine Cerkassij tentarono di far giungere una supplica all'imperatrice per risparmiarmi i vent'anni di lavori forzati che mi toccavano, ma le sante orecchie di Alexandra Fëdorovna non vennero nemmeno sfiorate dalla mia colpa e la supplica si perse nella polvere, come molto altro nella Russia di quegli anni. Condannato, finii in Siberia da dove, nel 1917, mi tirò fuori il ministro della guerra Aleksandr Fëdorovič Kerenskij perché gli servivano uomini abituati a soffrire con cui sferrare la disastrosa offensiva in Galizia. Fra i morti di quella campagna disperata, dimenticai lo Stepán Dmitrievič che tu avevi conosciuto. Imparai a non mancare i bersagli, e a prevedere le mosse del nemico. Cercavo la morte sfidando le bocche di fuoco della Bertha che rendeva i prussiani invincibili. Più per il mio nichilismo che per il mio coraggio mi sono trovato diverse volte oltre le linee nemiche facendomi la fama fra i miei compagni di trincea di essere "l'immortale". Un manipolo d'uomini mi elesse a loro capo e Vladimir Il'ič Ul'janov venne a sapere della nostra sovrumana resistenza su un avamposto di pietre per salvare la ritirata di tanti uomini. In quell'occasione il compagno Lenin mi mandò il suo primo biglietto dove mi ringraziava per aver protetto tante vite di contadini e operai preziose per il futuro della Russia. Nello stesso messaggio mi chiedeva di mantenermi vivo per la Rivoluzione. Restai vivo.

Nella mia vita di poi ritrovai Juri. Il ragazzo selvaggio era cresciuto, adesso aveva un orologio e sapeva parlare come parla un vero russo: senza sprecare il fiato e andando subito al punto. Pensavo fosse venuto per uccidermi, perché spesso i *barin* come me, se erano fortunati, venivano eliminati con un colpo di pistola da un *mujik* amico, e io ero pur sempre un Tverskòj. Invece la sua fu una visita regolare. Era già capo dei bolscevichi di E****, sapeva che il compagno Lenin mi aveva scritto al fronte e mi chiese se avessi la sua lettera e se poteva leggerla. La tirai fuori da un taschino della giacca militare, che era il mio solo vestito, e gliela diedi. Il fatto che l'avessi conservata sembrò dargli sollievo. La ricopiò per leggerla al Soviet di E***.

«Ho qualcosa per te», disse restituendomi la lettera. I suoi occhi non erano più sfuggenti, erano diventati gli occhi di un falco. Dalle grandi tasche di una lunga palandrana, probabilmente presa a un cosacco, estrasse i miei due vecchi revolver che, chissà come, era riuscito a conservare. Quando li ebbi in mano mi accorsi che erano carichi e dubitai fossero stati caricati per me. Juri mi guardò impassibile. A quei tempi le armi non si lasciavano mai senza proiettili in canna. Da allora non ho mai smesso di controllare, prima d'addormentarmi, che la mia pistola fosse sempre in condizione di sparare.

I regali di Juri non erano finiti: da un'altra tasca tirò fuori un fagotto avvolto in preziosi fazzoletti ricamati, era il ritratto di tua madre con te bambina sulle sue ginocchia. I tuoi gioielli invece – mi disse – erano stati utili ai Soviet.

Quella sera bevemmo insieme per la prima volta, e non riuscimmo a non parlare di te. Allora si preferiva parlare solo del presente, il passato era stato bandito e il futuro finiva per essere utopico e antirivoluzionario. Ma nella mia stanzetta non c'erano ancora orecchie che ci spiassero.

La Rivoluzione arrivava gloriosa dalle trincee e dalle nostre campagne e io le andavo incontro. Vissi giorni di pura esaltazione dove tutto era confuso e raggiante. Della nostra santa Russia avremmo fatto un immenso Falansterio di armonia e pace, il lavoro non sarebbe più stato pena e fatica ma piacere e vita per tutti. Una grande Comune dove la giustizia sarebbe stata nelle cose e non dettata solo dalle leggi, i matrimoni non sarebbero più potuti diventare una condanna e la parola *amante* sarebbe stata solo un participio presente.

Un giorno luminoso dell'aprile del 1919, in un comando dell'Armata Rossa, rividi i tuoi occhi neri e il profondo blu dove ero annegato tante volte. Il cuore tornò a battermi come allora ma quegli occhi ora mi trapassavano senza riconoscermi. Appartenevano a un ufficiale zarista di nome Evgenij Arkadjevic Vjazemskij che si era arreso il giorno prima, era tuo fratello. Non mi feci riconoscere, ma ogni giorno, con la scusa di controllare i prigionieri ti rivedevo nel suo sguardo. I nostri incontri durarono quanto la sua resistenza alle nostre pressioni. Una mattina lo liberammo e gli restituimmo i gradi, aveva detto sì al compagno Trotskij, entrava nell'Armata Rossa per andare a combattere sul mar Bianco. Adesso dovevamo difendere la Russia dagli eserciti Americani, Inglesi e Francesi che ci attaccavano a guerra finita e rifornivano di armi i nostri nemici. Evgenij

Arkadjevic Vjazemskij ha difeso fino alla vittoria la Russia bolscevica, mantenendo la parola presa con noi. E noi abbiamo mantenuto la nostra: la sua giovane moglie e i suoi due figli hanno raggiunto incolumi Parigi nella primavera del 1920. Per lui, è stato più difficile. La sua fuga non rientrava nei nostri accordi e Trotskij lo voleva ancora dalla nostra parte. Lui provò lo stesso per tre volte a passare il confine. L'ultima volta, vicino alla Polonia, ebbe la sfortuna di incontrare uno dei suoi servi. Il corpo venne ritrovato con il volto sfigurato da una pallottola e con addosso la divisa di un soldato semplice. Allora, lo sai, dopo aver difeso la Russia dalle pretese delle Nazioni capitaliste, cominciavo ad avere anche i poteri di resuscitare i morti. Così qualche mese dopo, una venditrice di castagne mi diede la notizia che il *barin* mio amico era a Parigi. Il messaggio mi arrivava dal marchese del La Mole che dalla Francia aveva messo in piedi un'organizzazione per aiutare tante famiglie bianche a fuggire dalla Russia. Fra le prime a mettersi in salvo grazie a lui, già nel '17, furono le baronessine Cerkassij. Il marchese continuava a pagare il suo debito con il destino. E io, per anni, ho continuato a pagare il mio debito sentimentale con lui, facendo in modo che potesse ammirare ancora tanti cieli di croco.

Parigi non ho mai voluto vederla. Il mio disprezzo verso una delle città più corrotte dell'Occidente contribuì a darmi una certa fama nel partito. Ma quel prestigio poteva essere distrutto ad ogni momento. La mia origine aristocratica, il mio passato di libertino e il reato passionale di cui mi ero macchiato erano ancora ben descritti nelle carte del processo per l'omicidio di Karamzin, e non si addicevano al rigore e all'austerità che il nuovo Stato Sovietico esigeva per i suoi dirigenti. Un incendio degli archivi del tribunale di Pietroburgo mandò in fumo quei fascicoli. Mia madre ne fu sollevata. Poco dopo, entrai a pieno titolo nella *nomenklatura*. Nel Comitato Centrale ho sempre avuto – come scrivono le spie inglesi – "un posto di rilievo più pregnante che evidente": in altre parole, il Politbjuro ha sempre ritenuto utile ascoltarmi senza farlo sapere.

Avendo avuto l'imprudenza di passare i quarant'anni, di alcune nostre illusioni mi sono dovuto ricredere: c'è ancora troppo di bestiale negli uomini perché il bene comune non si trasformi in un pretesto per opprimere, l'uguaglianza non diventi l'inganno dal quale sorgano nuovi privilegi e ingiustizie, e l'amore venga considerato un sentimento da stimare. Ma poiché ho avuto anche l'improntitudine di superare i settanta posso dire che senza quelle illusioni il mondo adesso non sarebbe degno di noi e non avremmo mai costruito una ruota.

Lo stesso vale per la fede. La mia – molto meno ingenua di quel che credevano i razionali e i tattici – mi ha salvato da diversi nemici, fra questi lo scetticismo e l'ironia, che gli stupidi usano a sproposito. Alla fine credo che Juri sia sempre stato orgoglioso di me e non si sia mai pentito di avermi riconsegnato carichi i due revolver delle baronessine Cerkassij. A lui devo certamente anche di non aver fatto la fine di Trotskij e di Kamenev. «Io e te siamo i soli vecchi di cui Stalin si fida», diceva e, benché non gli abbia mai creduto, niente mi ha mai provato il contrario.

Ieri, al Comitato Centrale, Kruscev ha detto che il compagno Tverskòj ha compiuto molte cose buone e utili per la Russia, deve aver saputo che ho ancora pochi giorni da vivere. Ma – i compagni non me ne vogliano – l'unica opera per la quale amerei essere ricordato è il restauro del nostro castello che sorge a ovest della valle di E****, per il quale ho rischiato di finire di nuovo in Siberia; nella Russia di ieri come nell'Occidente di oggi sono sempre molti quelli che credono sia meglio distruggere i castelli per costruire altre fabbriche.

"In nome del Popolo e per la Gioventù Russa", è scritto su una lapide all'ingresso che oggi ha ritrovato la sua austera maestà. In realtà in nome tuo e per te sola, perché, sono certo, qualche volta ritorni a passeggiare da quelle parti e ancora mi aspetti ricordandoti dei nostri baci. Io sono ritornato tante volte fra quelle pietre. Seduto sui gradini che avevamo trovato così morbidi, restavo ore ad ascoltare il soffio del vento che, passando fra le mura e le vecchie feritoie, mi riportava dalle regioni del tempo l'eco dei tuoi sospiri e il suono della tua voce. Ti sentivo allora dire le cose semplici che ti sarebbe piaciuto dirmi la sera, prima di dormire, e che per colpa mia non mi hai mai potuto dire.

Io, che per te avrei voluto inventare un mondo nuovo e metterlo ai tuoi piedi, non sono più riuscito ad amare come allora, questo dovresti saperlo. Ti sono stato fedele, mio immortale amore. Ti ho cercata, ovunque ci fosse l'eco del sublime che era stato in te. E ti ho trovata, talvolta, nelle dita rosa dell'alba, nel bianco accecante della Neva ghiacciata, nell'indaco della notte che contorna le creste dei monti d'estate, ho sentito la tua voce nella musica di Čajkovskij, nei versi di Puškin, nelle arie di Schubert e di Bellini, e tante, tante volte ti ho sentito stretta a me nel rosso assoluto della mia bandiera. Io, che ho vissuto senza avere un avvenire, perché quel giorno sono rimasto, bendato dagli Dèi, ad aspettarti davanti a un cancello; ho lottato con tutte le mie forze perché il mondo non perdesse l'occasione di avere il suo, di avvenire. Questo nessuno l'ha mai saputo, nemmeno Berija che mi ha sempre fatto spiare per scoprire cosa mi muovesse e quali interessi servissi. Essere stato un principe, aver amato una donna e una Rivoluzione più del necessario, sono peccati che non si scontano mai, anche in Russia.

Il tempo, come vedi, mi ha fatto più astuto e accorto: ho accettato la parte più misera che è in me e ho imparato a sopportare l'infelicità, ma non ho mai dimenticato che nell'estate del 1913 mi ero sentito nobile e puro e lo ero stato per i tuoi occhi, gli unici che mi guardano ancora. Ora vivo in una vecchia casa circondata da quella che un tempo doveva essere stata un'aia, la stalla non ha più tetto ma l'ingresso è ancora ben protetto dai tigli. Da quando, prima della Rivoluzione, qui è morta una donna uccisa dal marito, nessuno ha mai voluto entrarci. Solo io ci sono entrato ogni volta che potevo, come ho fatto oggi che fa caldo e ho bisogno di riposare. La porta è aperta come allora. Dal fondo dei campi attorno si sente lo sciabolare delle falci sulle spighe di grano e il singhiozzare di un fiume rimasto senza nome. Sembrano voci di sirene che mi chiamano da dove sei tu.

Tutto è finalmente passato. Gli anni che dovevo alla mia pena senza di te sono stati consumati sotto i raggi obliqui dei tramonti russi, e io mi sento di nuovo felice perché l'orizzonte ha la stessa luce dei nostri giorni di allora e ci vuole davvero poco per rivederti, Hélèna Tverskàja. Aspettami domani.

Blu Atlantide (ultimi titoli pubblicati)

Giuseppe Quaranta – *La sindrome di Ræbenson* (2ª ediz)
pagine 272 – € 18,00

Stephen Buoro – *I cinque misteri dolorosi di Andy Africa*
pagine 400 – € 20,00 – Traduzione di Clara Nubile

Nicola Brami – *Melinoe vestita di zafferano*
pagine 320 – € 18,50

Francesca Ramsay – *Toccami. Viaggio in cerca della realtà*
pagine 224 – € 19,00 – Traduzione di Paola De Angelis

Melinda Moustakis – *150 acri* (2ª ediz)
pagine 352 – € 19,00 – Traduzione di Ilaria Oddenino e Marco Bianco

Enrico Terrinoni – *A Beautiful Nothing*
pagine 288 – € 18,50

M. John Harrison – *Riaffiorano le terre inabissate*
pagine 272 – € 18,50 – Traduzione di Luca Fusari

Tricia Hersey – *Riposare è resistere. Un manifesto*
pagine 208 – € 18,50 – Traduzione di Olimpia Ellero

Ferrari & Magliani – *Sporca faccenda, mezzala Morettini*
pagine 304 – € 19,00

Jane Campbell – *Interpretazioni dell'amore* (2ª ediz)
pagine 208 – € 18,50 – Traduzione di Federica Bigotti

Tiffany McDaniel – *Un cielo pieno di draghi*
pagine 352 – € 16,50 – Traduzione di Luca Fusari e Sara Prencipe

James Sturz – *Underjungle*
pagine 208 – € 19,00 – Traduzione di Ilaria Oddenino

Van Jensen – *Godfall*
pagine 384 – € 19,50 – Traduzione di Alessandra Osti

Phœbe Hadjimarkos Clarke – *Aliena*
pagine 240 – € 19,00 – Traduzione di Maria Sole Iommi

Maria Gabriella Giannice – *Hélèna prima della Rivoluzione*
pagine 192 – € 18,50

Finito di stampare
nel mese di gennaio 2025
per conto di Edizioni di Atlantide srl
presso la tipografia Artigrafiche La Moderna - Roma